마음이
머무는 곳에
주인이 되면

마음이 머무는 곳에 주인이 되면

월도 지음 | **백중기** 그림

월 도 스 님 의 행 복 으 로 가 는 마 음 이 야 기

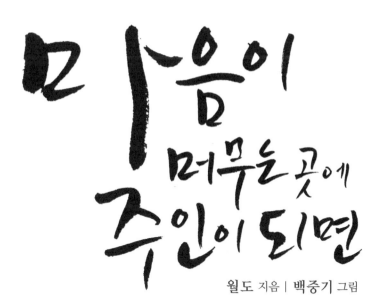

N넥스웍

차
례

이야기를 시작하며 6

1장 힘이 되는 지혜

낮추면 귀해지고, 높이면 천해진다 13

오늘 새롭게 태어나라 27

아픔은 희망이다 47

찌꺼기를 남기지 않는 마음 63

2장 복이 되는 마음

나를 세일하세요 79

바가지도 감동이다 95

속아주는 즐거움 109

적은 돈, 큰 공덕 127

3장 결핍 없는 인생

인생은 셀프다 147

마음, 천 년의 보배 165

바보 아닌 바보 181

머무는 곳에 주인이 되면 195

4장 새로워지는 나

된다고 생각하면 된다 217

혼자가 아니어서 둥근 조약돌 233

함께 살면서도 몰라 249

궁금한 팔자, 바꾸는 팔자 265

이야기를 시작하며

얼마 전에 느닷없이 이런 질문을 받았어요. "스님은 왜 사시나요?" 정말 우린 왜 살까요? 그래서 제가 그분께 물었어요. "그런 건 왜 궁금하신데요?" 그랬더니, 너무 힘들다는 겁니다. "괴로워 죽겠습니다. 너무너무 힘든데 왜 이런지 모르겠어요." 아마도 그분은 제가 멋진 답을 알고 있을 거라는 생각으로 질문을 하셨겠지만, 과연 왜 사는지 알고 살아가는 사람이 있기나 할까요?

저에게 상담을 청하시는 분들 대부분은 무언가 답답한 게 있는 분들이지, 아주 편안하고 즐거운 분은 별로 없어요. 백 년도 못 되는 짧은 인생이라 하지만, 한평생 살다보면 별별 일을 다 겪습니다. 혼자 사는 세상이 아니다보니 사람 때문에 힘들 때도 있고, 돈 때문에 힘들 때도 있어요. 세상이 발전하면 할수록 더 행복해져야 할 텐데 우리는 왜 그렇지 않을까요? 우리는 왜 이렇게 스트레스 받으며 살아야 할까요? 어쩌면 이것은 영원한 숙제일 수도 있어요. 그러다보니 절에서 법문을 할 때도 자연히 그런 이야기를 하게 되더군요. 눈만 뜨면 마주하는 남편과 아내, 이보다 지중한 인연이 어디 있겠어요? 낳아주고 길러주신 부모님, 이

보다 감사한 인연이 또 어디 있겠어요? 가족이 행복해야 합니다. 그래야 사회도 행복할 수 있어요. 그래서 가족에 대한 이야기를 하게 되고, 가족 이야기를 하다보면 인생 이야기를 하게 돼요. 어차피 함께하는 세상, 이왕이면 행복하게 살아보자는 것이지요.

이 책은 그런 이야기들의 모음이에요. 책장을 넘기다보면 중간 중간에 여러 가지 사연들도 나옵니다. 아내를 끔찍이도 아끼시던 분 이야기, 오로지 감사만을 말씀하시던 분 이야기도 있고, 참으로 훌륭한 고승들 이야기도 있어요. 물론 저의 어린 시절 추억도 있고, 머리 깎고 출가해서 행자 생활 할 때의 경험담도 있고, 수행자로 살면서 이런저런 망상을 피우던 부끄러운 이야기도 있지만, 저를 찾아와 하소연하던 분들의 인생 고민도 있어요. 우리는 누구나 행복을 원합니다. 이런저런 상황에 휘둘리지 않는 편안하고 당당한 인생을 살고싶어 해요. 어떻게 하면 될까요? 이제 그런 이야기를 시작해볼까 합니다.

사실 주변에서 법문집을 내자고 했을 때 많이 망설였어요. 법문을 할 때에도 저는 아직 마음공부가 부족한 수행자로서 모종의 부담감이 있을 수밖에 없습니다. 그리고 법문은 듣는 사람과 상황에 맞게 하는 것인데, 그걸 책으로 만들어서 때와 장소가 전혀 다른 상황에 내놓았을 때 과연 어떨까 하는 걱정 때문이었어요. 그러나 저보고 '왜 사느냐?'고 물었던 그분의 심정처럼 그렇게 답답하고 힘들어하는 분들이 계시다면, 저의 부족한 말씀이나마 조금이라도 도움을 드리고 싶은 마음으로 용기를 내보았어요.

전달해드리는 저의 말씀은 비록 부족함이 많더라도, 수천 년 동안 전해 내려온 진리의 가르침에는, 세상의 이치를 간파하고 인생을 꿰뚫어보는 한량없는 지혜와 사랑이 담겨있습니다. 무한한 희망이 있어요. 수행자의 한 사람으로서 저는 그 힘을 믿어요. 좋은 일은 더 좋은 일로 만들어주고, 행복은 더 큰 행복으로 인도해줄 겁니다. 외롭고 험난한 인생길에 환한 등불이 되고, 따뜻한 위로와 격려의 손길이 되어줄 겁니다. 저는 여러분과 같은 도반의 입장에서, 다만 그 가르침을 최대한 잘 전달해드리려고 애를 쓸 뿐이에요.

이제 이 책의 인연으로 더 자유롭고 편안하시기를 바랍니다. 어떤 사람과 함께라도 편안하고 어떤 일을 만나도 당당한 인생, 그래서 정말 걸림 없이 행복한 인생을 누리시기 바랍니다. 그런 변화에 미약하나마 힘을 보탤 수 있다면 저에게 큰 기쁨이지요. 아마도 이 책을 내기 위해 애써주신 여러분도 같은 심정일 것이라 생각해요.

세상의 주인공은 당신입니다.
여러 사람을 위한 이야기가 아니라
나 하나를 위한 이야기라 생각하고
한 줄 한 줄 읽어보세요.

언제나 평화로우시기를 바랍니다.
언제나 기쁘고 안락하시기를 바랍니다.
아무리 힘들어도 당신은 웃을 수 있고
아무리 속상해도 당신은 평온할 수 있어요.

당신은 그 어떤 근심보다도 큰 존재이고
당신은 그 어떤 고통보다도 큰 존재이며
여전히 맑고 온전한 존재입니다.

소리에 놀라지 않는 사자와 같이
그물에 걸리지 않는 바람과 같이
언제나 자유롭고 편안하시기를 바라며.

월도 합장

1장

힘이 되는 지혜

개나리 풍년
53×41cm
캔버스에 아크릴 물감

낮추면 귀해지고, 높이면 천해진다

사람은 입 안에 도끼를
하나씩 가지고 태어난다.
어리석은 말을 하는 순간
그는 결국 자기 자신을 찍는다.

-〈수타니파타(Suttanipāta)〉

세상에 인연이라는 게 참으로 묘합니다. 어떤 사람은 그저 옆에만 있어도 나를 행복하게 하는 사람이 있는가 하면, 어떤 사람은 오히려 방해가 되고 갈등이 생기는 경우도 있어요. 나하고 피 한 방울 섞이지 않은 남남이라도, 왠지 그가 하는 일이라면 마음이 쓰이고 돕고 싶은 경우가 있는가 하면, 형제나 부부라는 아주 각별한 인연으로 만났음에도 불구하고, 어쩌다보니 주는 거 없이 미운 관계가 돼버린 경우도 많아요. 이런 고통에 직면했을 때, 우리는 어떻게 해야 할까요?

대개는 견디지 못해서 이혼을 하거나, 다시는 만나지 말자고 선을 긋거나 하는 경우도 있지만, 이건 지혜로운 처사가 아니에요. 그럼 참아야 할까요? 그런데 또 무조건 참을 수도 없어요. 왜냐하면 그렇게 참다가 한번 폭발하면 더 큰 일을 벌일 수도 있고, 미련하게 참기만 하면 내 마음이 시커멓게 타들어가 화병으로 고생할 수도 있잖아요. 지혜가 필요해요. 뜨거운 물건을 그냥 손으로 잡으면 델 수밖에 없으니까 무언가로 감싸서 잡듯이, 고통을 참는 데에도 지혜가 필요하다는 말입니다. 그럼 어떻게 해야 할까요?

첫째로, 믿음이 중요해요. 가족을 믿어주세요. 제가 아는 사람 중에 참으로 눈물겨운 인생을 사신 분이 있어요. 그분은 자그마치 6년이라는 긴 세월 동안 참담한 실패의 연속이었는데, 얼마 전에 드디어 성공의 빛을 봤어요. 그런데 그분이 눈물을 흘리면서, 너무나도 속상한 일이 있다고 하셨어요. 아주 가까운 사람 중에 대단한 부자가 있어서, 은행의 서너 배나 되는 이자로 돈을 빌려 썼다가 이번에 모두 갚았다고 합니다. 그런데 그 사람은 '너는 나 때문에 성공했으니까 별도로 보상을 해줘야 하지 않느냐?'면서 섭섭해한다는 겁니다. 그렇게 높은 이자 받아먹은 건 다 잊어버리고 말이에요. 그래서 제가 그랬어요. 그래도 고맙게 생각하라고. 왜냐하면 이자를 아무리 높게 받아먹었어도, 당신을 믿고 빌려줬으니까. 이 세상에 가장 감사한 게 뭔 줄 아세요? 믿어주는 겁니다. 믿어주는 것보다 더 큰 공덕은 없어요.

믿어주세요. 믿지 않으면 세상은 행복할 수 없어요. 이렇게 생판 타인도 믿어줄 수 있는데, 어찌 부부간에 믿지 못하고, 부모 자식 간에 믿지 못하고, 형제간에 믿지 못한단 말입니까? 믿고 가야 합니다. 믿지 않으면 불안할 수밖에 없어요. 사람을 믿지 못하면 불행을 자초하게 됩니다. 그러니까 나 자신을 위해서라도 가족을 믿으세요. 부처님 믿듯이 믿으세요.

옛날에 아주 작은 절에 살던 스님과 제자가 어느 날 큰 절로 참배를 갔는데, 거기 불상이 엄청나게 컸어요. 그런데 스승이 채신머리없게 그 머리 위로 올라가서 노는 겁니다. 제자가 보니까 참 기가 막혀. '스승님이 어찌 저리 철이 없을까?' 그래서 "빨리 내려오세요. 이 절 스님들한테 들키면 어쩌려고 그러세요?" 그래도 스님은 아랑곳하지 않고 머리 위에서 놀고 있는데, 결국 그 절 스님들이 보고 말았죠. 그런데 주지 스님이 보더니 껄껄 웃으면서, "진짜 큰스님이 오셨다."고 하면서 큰 절을 하더랍니다. 왜 그랬을까요?

부처를 어떤 특정한 모습으로 찾지 말라는 겁니다. 사람들은 관세음보살을 친견하려 하고 부처님을 친견하려고 애를 쓰지만, 진정한 부처님은 어떤 고정된 형상으로 있는 존재가 아니고, 사랑과 자비를 베푸는 마음이 부처의 마음이며, 그런 행위를 하는 분이 진짜 부처님입니다. 배고픈 사람에게 찬밥 한 덩이라도 주는 사람, 그분이 부처님이에요. 부모님이 바로 부처님이에요. 나중에 늙으면 노후를 보장받기 위해서 자식을 키우는 부모가 어디 있겠어요? 그냥 아낌없이 주는 마음, 이 마음이 바로 부처의 성품이 아니면 무엇이겠느냐, 이 말입니다. 눈을 크게 뜨고 보면 남편이 부처님이고, 아내가 부처님이고, 자식이 부처님이에요. 집에 있는 부처님을 무시하면서, 법당에 있는 부처를 공경한들 그게 무슨 공덕이 되겠어요? 어림도 없습니다.

둘째로는, 상대방에게 지금 가장 필요한 게 무언지 잘 살펴보세요. 내 생각에 좋은 게 좋은 게 아니라, 당사자의 입장에서 필요한 게 진짜 좋은 겁니다. 감로수도 뭐 따로 있는 게 아니라, 목마른 자에겐 물 한 모금이 감로수예요. 여러 날 굶어서 뱃가죽이 달라붙어 있는 사람한테 선물이라고 꽃을 사다 주면 그게 무슨 도움이 되겠어요? 아무리 비싸고 아름다운 꽃을 다발로 사다줘도 아무 소용이 없어요. 그에겐 찬밥 한 덩이가 우주보다 큰 겁니다. 세 살 먹은 아이에게는 수억 만금의 재산이 필요한 게 아니고, 당장 입에 넣어서 단 눈깔사탕 하나가 훨씬 귀하다는 걸 알아야 해요. 이와 마찬가지로 지금 남편에게, 또는 아내에게 가장 필요한 게 무얼까 하고 항상 고민해보는 마음이 필요해요.

그리고 그 가치는 세월이 가면서 달라져요. 그래서 그때그때, 때를 맞춰 살 수 있는 지혜가 필요해요. 때를 놓치는 것보다 어리석은 건 없어요. 만일 두 부부가 살면서 '다 필요 없고, 남편의 도리 아내의 도리도 필요 없고 그저 돈이나 많이 벌면서 살자.' 그렇게 살다 늙어버리면 그게 무슨 가치가 있겠어요? 아무런 가치도 없어요. 오늘 필요한 걸 오늘 할 수 있는 게 지혜로운 겁니다. 지금 가지고 있는 재산이 천 원밖에 없으면, 천 원으로 가족과 정을 나눌 수 있는 사람이 행복한 사람이에요.

셋째로는, 허물을 보지 말고 장점을 보세요. 우리는 흔히 상대방 허물만 보며 살아요. 그러나 내 허물을 보려고 해야지, 상대방 허물은 보지 마세요. 내 눈의 대들보는 보지 못하고 상대방의 티끌만 보는, 그런 어리석음에서 빠져나와야 해요. 옥을 보려면 그냥 옥을 보면 될 것을, 왜 굳이 옥에 티만 보려고 하는지 모르겠어요. 허물이 있는 사람이 문제가 아니라, 그걸 보고 불편한 사람이 문제예요. 남편의 허물을 보지 말고 남편의 장점을 보세요. 아내의 허물을 보지 말고 아내의 장점을 보세요. 상대방의 허물을 보는 사람은 불행한 사람입니다. 그런 사람의 집안엔 웃음이 없어요. 싸우는 소리만 있을 뿐이죠.

우리는 지내놓고 보면 스스로도 후회되는 일이 있잖아요? 저는 가끔 저녁에 눈을 감고 하루를 돌이켜볼 때가 있어요. 그러면 덮고 싶은 부분이 많아요. '그 말을 하지 않았으면 얼마나 좋았을까? 그때 인상 쓰지 말고 웃어줬으면 그는 참 편안했을 텐데… 지금쯤 얼마나 마음이 아플까?' 그런 생각 때문에 밤잠을 설칠 때도 있어요. 내 스스로도 그렇게 마음에 안 들 때가 많은데, 어찌 다른 사람이 내 맘에 쏙쏙 들기만을 바라겠어요? 내 입 안의 이도 가끔은 내 혀를 깨물어 아프게 할 때가 있는데, 어찌 다른 사람 입이 나를 위해서만 움직여주길 바라겠어요? 그러니까 그저 그러려니 하고 상대방의 허물을 보고도 못 본 체 덮어주는 아량도 필요합니다.

넷째로는, 항상 내가 부족하다는 생각으로 사세요. 그러면 절대 거만하지 않습니다. 항상 겸손할 수 있어요. 직장에서나 가정에서나 친구들 관계에서도, '나는 참으로 부족하구나… 그 이상 할 수 있었는데 그걸 다 하지 못해서 부족하다.'는 생각으로 살아보세요. 항상 좋은 평가를 받는 사람이 될 수 있습니다.

남편을 바라볼 때도 '하고많은 좋은 여자 버려두고, 하필이면 나를 만나 얼마나 속 썩느냐?' 생각을 해보세요. 남편이 귀해 보이기 시작합니다. 그런데 다들 거꾸로 생각해요. '하고많은 좋은 남자 버려두고, 하필이면 너한테 걸려가지고 이런 고생이냐?' 그러면 이제 바가지만 긁게 돼요. 억울하다는 생각이 앞서는 거죠. 생각이 팔자라고 했어요. 생각을 바꿔야 합니다. 남편을 왕으로 여기면 나는 자동으로 왕비가 되지만, 남편을 우습게 여기면 나 또한 우스운 사람밖에 더 되겠느냐, 이 말이에요.

또 남편은, 아내가 나한테 와준 걸 항상 미안하게 생각해야 합니다. '하고많은 능력 있는 남자들 버려두고, 하필이면 박봉에 시달리는 나를 만나 이렇게 고생하는 당신이 참으로 불쌍한 사람이다.' 이런 생각을 하면 미안한 생각이 들겠죠? 미안한 생각이 드니까 말 한마디라도 부드럽게 하고 보상해주려는 마음이 생겨요. 이런 마음이 아름다움입니다. 나를 낮출수록 나는 귀해지고 나를 높일수록 나는 천해진다는 사실을 알아야 해요.

그런데 대개 자기 처지를 원망하기만 해요. '남의 집 여자는 머리도 좋고, 얼굴도 예쁘고, 목소리도 좋고 다 좋은데, 우리 집 마누라는 전화를 받아도 수박 깨지는 소리나 하고…' 하면서, 하는 것마다 짜증을 내요. 이런 생각에서 하루빨리 벗어나야 합니다. 그래봤자 나만 손해입니다. 인연이 아니면 만나지 않았어요. 옷깃만 스쳐도 오백생(五百生) 인연이라고 합니다. 그런데 하물며 부부로 만났다는 것은 얼마나 지중한 인연이겠어요? 그러니까 업장(業障)이 있으면 녹이고, 좋은 인연은 더욱더 복되게 할 수 있는 마음가짐을 가져야 합니다.

다섯째로, 절대로 험담은 하지 마세요. 우리가 세상을 살다보면 오해라는 게 참 무서운 건데, 오해를 피하려면 상대방 험담을 하지 말아야 해요. 모든 걸 좋게 보고 좋게 말하는 사람은 적이 없어요. 특히 시어머니 흉은 절대로 보지 마세요. 시어머니 흉을 이웃에 가서 보고나면 그 다음부터 찝찝해요. 시어머니가 마실

갔다 와서 표정만 좀 안 좋아도 가슴이 두근두근해요. ‘어디서 무슨 말을 들으셨나? 내가 수다 떨고 온 거 들으셨나?’ 조마조마하잖아요. 그러니까 하지 마세요. 그리고 시어머니 험담하다보면 남편 얘기까지 나온다고 하더군요. 시간 있으면 복 짓기도 바쁜데, 그런 업을 뭐 하러 짓느냐 이겁니다. 나는 재미로 해도, 당사자가 그 말을 들으면 얼마나 마음에 상처를 받겠어요? 입장을 바꿔 생각해보면 금방 알 수 있는 겁니다.

그리고 누가 나를 험담하거나 비난을 해도 신경 쓰지 마세요. 화나는 말을 들었어도, 그 사람이 그런 말을 하게 된 의도를 완전히 파악하기 전까지는 절대로 화를 내지 말아야 해요. 그래야 나도 행복하고 그도 행복할 수 있어요. ‘뭔가 이유가 있겠지.’ 하면서 한 템포 참고 이해해줄 줄 아는 여유가 필요해요. 이걸 참지 못하면 상황은 더 악화되고, 오해가 오해를 불러 악순환이 돼요. 이건 마치 불을 불로 끄려는 것과 같아요. 그러면 나도 다치고 그 사람도 다칠 뿐, 도움이 안 됩니다.

생각해봐서 내가 잘못한 게 있으면 반성하고 고치면 되고, 잘못한 게 없는데 상대가 잘못 알고 그러면, ‘모르고 그러는구나. 어리석은 사람이구나.’ 하면서 넘어가면 됩니다. 화낼 필요 없어요. 내가 반응을 해야 상대방이 더 기세등등해지지, 내가 반응을 안 하면 재미가 없어서 그러다 말아요. 손바닥도 마주쳐야 소리가 나잖아요? 그러니까 누가 나를 화나게 하더라도 그저 바람 소리처럼 물소리처럼 흘려버리고, 거기 말려들지 마세요. 그런 거 다 응해주고 화내고 하다보면, 화병 나서 나만 괴로워요. 이해하면 화가 안 나고, 화가 안 나면 용서할 수 있어요. 용서야 말로 나 자신에게 줄 수 있는 가장 큰 선물이며, 내 마음에 평온을 지킬 수 있는 지혜입니다.

사실이 그러해서 욕을 먹으면,
그것은 사실이니 성낼 것 없고
사실이 아닌데도 욕을 먹으면,
욕하는 사람이 스스로 자신을 속이는 것이니
지혜로운 사람은 어느 때나 분노하지 않는다.

–〈잡보장경(雜寶藏經)〉

경전에 보면 부처님은 정말 화 안 내는 분으로 유명했다고 합니다. 참는 게 아니라 아예 화 자체가 안 났던 것이죠. 당시에 이런 일이 있었다고 해요. 어느 날, 한 젊은이가 찾아와서 차마 입에 담기 거북한 욕지거리로 부처님을 모욕했어요. 그런데 부처님은 그가 퍼붓는 욕설을 잠자코 듣고만 계셨습니다. 한참 욕을 하던 그도 별 반응이 없으니까 조용해졌죠. 이때를 기다렸다가 부처님이 물어보셨어요. "젊은이여, 그대의 집에도 가끔 손님이 찾아오는가?" "그렇소." "그러면 그들에게 좋은 음식을 대접하는가?" "물론 그렇소." "만약 손님이 그 음식을 먹지 않으면, 그건 누구의 차지가 되는가?" "그야 물론 내 차지가 되겠지요. 그런데 그런 건 왜 묻는 거요?" 그러자 부처님께서는 이렇게 말씀하셨다고 합니다. "젊은이여, 오늘 그대는 나에게 욕설로 차려진 진수성찬을 대접하려 했소. 그러나 나는 그것을 받고 싶지 않소. 만약 내가 그대의 욕설을 듣고 화를 내면서 똑같이 욕을 했다면, 손님과 주인이 권커니 잣거니 하는 꼴이 되겠지만, 나는 그렇게 하고 싶지 않소." 그는 조용히 웃고 있는 부처님 앞에 무릎을 꿇었다고 합니다. 아무도 나를 해칠 수는 없어요. 내가 같이 화를 내면 고통의 늪으로 빠져들지만, 아무리 상대가 괴롭혀도 내가 화를 내지 않으면 내 마음의 평온은 결코 깨지지 않아요.

하지만 이런 것이 머리로는 이해가 돼도 생활에서 실천하기는 참 어려워요. 막상 그런 상황에 딱 처하면 나도 모르게 욱하고 치밀어 오르는 게 우리들 감정이기 때문이죠. 그래서 이런 질문을 하는 분도 있어요. "스님, 너무 어려워요. 다른 데선 신(神)이 다 해결해준다고 하는데, 불교는 내가 참아야 되고, 내가 알아야 하고, 내가 해야 하고… 게다가 그 힘든 수행까지 하라 하고…" 그러나 잘 생각해보세요. 모든 행복의 기원도 나 자신이고, 모든 불행의 기원도 나 자신이에요. 그 뿌리는 나에게 있어요. 그렇기 때문에 남을 바꾸려 말고, 상황을 바꾸려 말고, 내 마음을 바꿔야 해요. 그래서 마음공부를 해야 하는 겁니다. 힘들더라도 해야죠. 이 세상에서 가장 소중한 나 자신의 행복을 위해서 말입니다.

무엇이나 큰 걸 얻으려고 하면 수고와 고통을 견뎌내야 해요. 농부가 결실을 얻으려면 봄에 밭을 갈지 않으면 안 되고, 파종하지 않으면 안 되고, 오뉴월 땡볕에 김을 매지 않으면 안 돼요. 또한 가을까지 긴 시간을 기다려주지 않으면 안 돼요. 이게 자연의 이치이고, 우리네 삶도 마찬가지예요. 힘 안 들이고 좋은 결과를 얻는 경우는 결코 없어요. 행하지 않고 열매만 따려는 어리석음보다 더 큰 어리석음은 없습니다.

그리고 정말 힘들고 고통스러워서 인생의 벽이라 느껴질 때, 결코 두려워하거나 피하려 하지 말고, 내가 무언가를 배울 수 있고, 그래서 더욱 성장할 수 있는 기회라 생각하고 당당하게 맞서야 합니다. 우리는 흔히 모든 삶이 처음부터 따뜻하고 행복하기만을 바라지만, 감동의 스토리들은 어디서 나오나요? 어느 순간 좌절이라는 부분이 나를 덮쳤고, 그 좌절을 지혜와 용기로 하나하나 극복해가는 과정을 통해서, 인생의 아름다운 이야기를 엮어낼 수 있는 겁니다. 고통의 긴 터널을 인고로써 참고 견뎠을 때 만나는 기쁨은, 그 배가 되고 그 수십 배가 될 수 있기 때문이에요.

하는 일마다 쉽게 된다면 우리는 교만하기 이를 데 없고, 더할 나위 없이 기고만장해서 겁도 없이 덤비다가 오히려 더 큰 재앙을 자초할 수도 있어요. 그렇기 때문에 어려움과 시련이야말로 더 큰 행복을 위한 좋은 약이라는 걸 바로 알아야 해요. 나를 괴롭히고 못살게 구는 사람일수록 나의 스승임을 바로 알아야 해요. 원수 같은 남편이 힘들게 하면 할수록, 애물단지 자식이 속을 썩이면 썩일수록 '내 마음공부를 시켜주는 스승이구나. 부처님이구나.' 이렇게 바로 알고 감사해야 합니다. 그래서 힘들면 힘들수록 상대를 더 믿어주고 배려하고, 나를 낮추어 감사할 줄 알고, 남의 허물은 덮어주고 장점만 보려고 노력할 때, 우리는 비로소 웃을 수 있어요. 이것이 행복으로 가는 지름길입니다.

> 남이 내 뜻대로 순종해주기를 바라지 말라.
> 남이 내 뜻대로 순종해주면 스스로 교만해지나니,
> 그래서 성인이 말씀하시되 '내 뜻에 거스르는 사람을
> 수행처로 삼으라.' 하셨느니라.
>
> —〈보왕삼매론(寶王三昧論)〉

어느 봄날
60.6×45.5cm
캔버스에 아크릴 물감

오늘 새롭게 태어나라

과거의 일은 이미 지나가버려
생각하여 헤아리지 않으면
과거의 마음이 스스로 끊어지니
곧 과거의 일이 없다 하는 것이요,

미래의 일은 아직 다가오지 않아
원하여 구하지 아니하면
미래의 마음이 스스로 끊어지니
곧 미래의 일이 없다 하는 것이다.

–대주혜해 선사(大珠慧海 禪師)

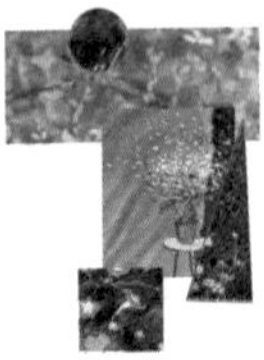

깨달음은 순간순간 깨닫는 거예요. 잘못된 부분을 확인하고, 그걸 반복하지 않기 위해 마음을 고치는 것 자체가 깨달음이에요. 과거에 얽매일 필요 없어요. 과거는 과거대로 잊어줘야 해요. 그리고 오늘, 이 현실 속에서 새롭게 태어나면 됩니다. 과거의 행위를 통해서 현재의 행위를 바꿔갈 수 있도록 노력하는 게 중요하고, 그래야 미래가 밝아질 수 있어요.

그럼 어떤 마음으로 태어나야 할까요? 그 첫 번째는 긍정적인 마음입니다. 언제 어디서나 희망을 볼 줄 아는 마음, 스스로를 비하하지 않고 당당한 마음이에요. 우리는 부처도 될 수 있습니다. 누구든지 진리를 배우고 열심히 정진하면, 부처님처럼 완전한 지혜와 복덕을 갖출 수 있어요. 자유롭고 행복한 삶을 누릴 수 있어요. 중생인 우리가 부처도 될 수 있는데, 무엇인들 못 되겠어요? 하면 됩니다. 그냥 그렇게 순간순간을 괴로움 속에서 살아가지 마세요. '이것이 괴로움이구나.' 하고 자신의 실상을 바로 보고, '반드시 벗어나겠다.'는 각오로 노력하면 분명히 됩니다. 나의 인생을 누가 대신 살아주지 않아요. 내 괴로움은 결국 내가 만든 것이기에, 그 원인이 무엇인가를 살펴봐야 해요. 과거의 삶에 긍정적이지 못한 부분이 있었다면, 지금이라도 그러한 어리석음에서 벗어나려고 노력하면 돼요. 처지를 원망하지 않고, 남을 탓하지 않고, 내 마음을 바꾸려 할 때 비로소 길은 열리기 시작합니다. 그렇지 않으면 영원히 괴로움에서 벗어날 수 없어요.

비교하지 마세요. 비교 때문에 부정적인 생각이 일어나고, 그래서 마음이 아픈 경우가 많아요. 나는 나의 인생을 살면 돼요. 남의 인생에 신경 쓸 필요 없어요. 남은 천만 원을 버는데 나는 백만 원밖에 못 번다고 불평해봤자 아무 소용없어요. 부자는 부자대로 그들만의 삶이 있고, 서민은 서민대로 그들만의 삶이 있어요. 부자는 서민이 누릴 수 없는 즐거움이 있고, 서민은 또 서민대로 부자가 누릴 수 없는 즐거움이 있어요. 각자 자신의 삶에서 즐거움을 찾아서 누릴 줄 알아야 해요. 이렇게 긍정적인 마음으로 살아야지, 그저 남의 즐거움만 쳐다보느라 나의 즐거움을 뭉개버리는 어리석은 짓을 해서는 안 됩니다. 현실을 부정하는 사람은 희망이 없어요.

부자이고 아니고, 잘나고 못나고, 그런 건 별로 중요한 게 아니에요. 그런데 보면 대개 돈 좀 있고 잘 살면 은근히 목에 힘이 들어가고, 그렇지 못하면 어딘지 모르게 주눅이 들어 살고 있어요. 그들과 나는 좀 좋은 음식과 거친 음식의 차이가 있을 뿐예요. 사실 생각해보면, 좋은 음식 먹었다고 목에 힘줄 이유는 없어요.

자기가 먹었지 남 나눠준 건 아니잖아요? 그러니까 그냥 '나는 나일 뿐이다.'라는 생각으로 살면 돼요.

항상 나 스스로가 주인공임을 잊지 마세요. 어딜 가더라도 사람들이 많이 모였으면, 나를 대중 속의 하나로 보지 말고 '사람들이 나를 위해 모였구나.'라고 생각하고, 법문을 들을 때에도 '스님이 나를 위해 법문을 하시는구나.'라고 생각해보세요. '옆에 있는 사람들이 나 법문 잘 들으라고 엑스트라로 와 있구나.' 이렇게 한번 생각해보세요. 사실 이 세상의 동서남북이 나를 중심으로 나뉘고, 이 세상의 좋고 나쁨이 내 마음 하나로 결정되고 있어요. 내가 세상의 주인공입니다. 내가 우주의 중심이에요. '저들은 저렇게 화려한데 나는 도대체 뭐야?' 이런 쓸데없는 망상으로 자신을 초라하게 만들지 마세요. 당당하게 살면 됩니다.

그런데 이것저것 많이 보는 게 오히려 병일 수가 있어요. 살면서 경험해본 것 때문에 고통이 생기지, 아예 경험조차 안 해본 것 때문에 고통이 생기는 경우는 드물기 때문이에요. 너무 편안하고 풍요로운 여건에 있다 보면, 그게 그리움으로 작용해서 고통이 됩니다. 아이들이 피자를 좋아해서 사달라고 떼를 쓰고, 안 사주면 짜증 내고 그러잖아요? 그런데 연세 높으신 분들이 피자 먹고 싶다고 짜증 내는 경우가 있을까요? 아예 입맛을 안 들여놓았기 때문에, 그게 충족되지 않는다고 괴롭지는 않아요. 요즘 애들도 애당초 피자 맛을 안 보여줬으면 피자 안 사준다고 난리치는 일은 없었을 거예요. 결국 엄마가 자초한 일이에요. 그 맛을 들여놓았기 때문에 또 먹고싶어서 갈등을 일으키는 겁니다. 우리가 인생을 살면서 겪는 고통도 이와 유사한 경우가 많아요.

긍정적으로 살려면 쓸데없는 고집을 버려야 해요. 자기만의 생각으로 자기만의 틀을 만들어놓고, 그 틀의 기준으로 사람들을 평가하는 경우가 있어요. 진실하게 평가하는 것도 아니고 즉흥적으로 평가해서, 자기 마음에 들면 좋은 사람, 아니면 나쁜 사람으로 치부해버려요. 그래서 마음에 안 드는 사람이 무슨 일을 하면, 무조건 부정적인 시각으로 평가절하해버리는 거죠. 이러쿵저러쿵 분별하는 마음을 버려야 해요. 남에게 상처를 줄 뿐 아니라, 나 자신에게도 고통이에요. 누구에게도 이로울 게 없습니다. 이런 갈등만 줄여도 세상은 한결 살만할 거예요. 인생살이가 한결 편안해질 거예요. 잘난 거 못난 거, 좋은 거 나쁜 거 분별하지 말고, 그냥 있는 그대로 봐주세요. '그럴 만한 이유가 있겠지.'라는 눈으로 봐주기 시작하면, 상대를 바라보는 내 마음이 편안해지게 돼있어요.

긍정의 힘은 지혜에서 나옵니다. 달마대사(達磨大師)는 인도의 승려였는데, 부처님의 가르침을 전하기 위해서 중국으로 갔어요. 그때 중국에는 이미 불교가 들어와 있었고, 양무제(梁武帝)는 아주 불심이 대단하기로 유명한 황제였어요. 양무제는 달마대사를 궁전으로 초대해서 많은 신하들 앞에서 문답을 했는데, 황제가 물었어요. "나는 지금까지 헤아릴 수 없이 많은 절과 암자를 짓고 경전을 번역했으며, 또한 많은 승려를 육성했소. 그리고 스님들께 공양 올리는 것을 좋아해서 내가 직접 스님들 공양 시중을 들기도 했소. 그동안 지은 나의 공덕은 얼마나 되오?" 아마도 양무제는 달마대사의 입에서 엄청난 찬사와 축복이 쏟아질 것이라 믿어 의심치 않고, 이번 기회에 한껏 자랑을 하고 싶은 기대로 부풀어 있었겠지요. 하지만 달마대사의 대답은 전혀 뜻밖이었어요. "아무런 공덕이 없습니다." 황제는 너무나 실망한 나머지 무척이나 노여워했다고 합니다. 달마대사는 물질적인 것에 초점을 두고 말한 게 아니라, 오직 마음의 도리를 지적한 겁니다. 아무리 선행을 많이 했어도 '그렇게 자만심으로 가득 찬 심보에 무슨 공덕이 있겠느냐? 진정 바른 길을 가고싶다면 그 마음부터 고쳐먹어야 한다.'는 게 달마대사의 메시지였는데, 양무제는 그 말뜻을 못 알아들었던 겁니다. 달마대사 역시 양무제에게 실망하고 아직 때가 아니라는 생각에, 소림굴(小林窟)로 들어가 9년 동안 벽을 바라보면서 좌선에만 집중했다고 합니다.

달마대사의 법맥을 이어받은 분은 혜가(慧可) 스님이에요. 혜가 스님의 원래 이름은 신광(神光)이었는데, 달마대사를 찾아가 가르침을 청했지만 대사는 늘 묵묵부답이었다고 합니다. 그러던 어느 날, 밤새 큰 눈이 내렸는데 신광은 대사가 선정(禪定)에 든 굴 밖에서 꼼짝도 않고 서서 밤을 지새웠어요. 새벽이 되자 눈이 무릎이 넘도록 쌓였고, 달마대사는 그때까지도 눈 속에 서있는 신광을 보았어요. "네가 그토록 오래 서있으니, 무엇을 구하고자 함이냐?" "바라건대 스승께서는 감로의 문을 여시어 어리석은 중생을 제도해 주소서." "부처님의 위없는 도는 행하기 어려운 일을 능히 행하고 참기 어려운 일을 능히 참으면서 부지런히 정진해야 얻을 수 있다. 그러하거늘 너는 아주 작은 공덕과 하잘것없는 지식을 가지고 어찌 참다운 법을 바라는가? 모두 헛수고일 뿐이다." 대사의 말씀을 듣더니 신광은 홀연히 칼을 뽑아, 자기의 왼쪽 팔을 잘랐어요. 신광의 각오가 이처럼 대단함을 확인한 달마대사는 드디어 그를 받아들이고, 혜가라는 새 이름을 지어주었어요. 그러자 혜가의 왼팔이 다시 원래의 자리로 가 붙었다고 합니다. 그때 혜가가 이런 질문을 합니다. "제 마음이 편하지 못합니다. 부디 스승께서는 저를 편안케 해주소서." "불편한 네 마음을 여기에 가져오너라. 그러면 편안하게 해주겠다." 혜가는 잠시 생각에 잠겼다가 이렇게 말했어요. "아무리 마음을 찾아도 찾을 수가 없습니다." "내 이미 너를 편안케 했느니라." 이 말에 혜가는 큰 깨달음을 얻었어요. 번뜩이는 지혜의 칼로 부정적인 생각을 한 방에 끊어버리는 순간입니다. 이 세상은 마음입니다. 마음으로 보고 마음으로 느끼고 마음으로 행하는 것이기 때문에, 그 마음 하나 바꾸면 바로 편안해지는 거예요. 마음이 새로워지는 순간에 새롭게 태어나, 새로운 인생이 시작되는 겁니다. 그렇게 깨달음을 얻은 혜가는 달마대사로부터 법을 이어받아 선종(禪宗)의 제2대 조사(祖師)가 되었어요.

제3대 조사 승찬(僧璨) 스님은 출가 전에 문둥병으로 고생을 했다고 합니다. 그는 평생 앓고 있는 병이 자신의 업장 때문이라 생각하고 40대 중반의 나이에 혜가대사를 찾아가서, 제발 자신의 업장을 소멸시켜 달라고 간절히 부탁했어요. 그러자 대사는 "당신의 업장을 가져오면 소멸시켜 주리라." 했는데, 업장을 찾아보려고 하루 종일 골똘히 궁리했으나 끝내 찾지 못하고 "업장을 아무리 찾아도 찾을 길이 없습니다."라고 하자, 혜가대사는 이렇게 말했어요. "그렇다면 당신의 업장은 없는 것이며, 없는 것이라면 이미 소멸된 것이다." 이 말 한마디에 승찬 스님은 크게 깨닫고, 몸도 마음도 날아갈듯 가벼워졌다고 합니다. 자꾸 과거에 얽매이지 말고, 현재에 충실해야 해요. 과거에 얽매이면 부정적인 생각에 사로잡히기 쉽지만, 현재에 충실하면 긍정적인 에너지가 나오게 마련입니다.

열심히 살아도 안 된다고, '전생(前生)이 어때서, 과거가 어때서' 하면서 불평하거나 괴로워하지 마세요. 그러면 점점 더 괴로워질 뿐이에요. 현재의 나는 현재의 모습으로서 소중한 것이에요. 전생의 업 때문에 이거밖에 안 된다고 하면, 정말 그거밖에 안 돼요. 내가 만든 울타리에 내가 갇혀버리는 겁니다. '과거야 어떻든 오늘부터 새롭게 나아갈 수 있어!' 하는 마음으로 노력해 보세요. 세상이 달라지기 시작합니다. 참회라고 하는 것도, 과거를 후회하고 자책하라는 게 아니라, 과거의 잘못을 알았거든 그것에 집착하지 말고 앞으로 잘하라는 거예요. 중요한 것은 흘러가버린 과거가 아니라 돌아오는 미래이며, 미래는 바로 오늘에 달려있기 때문이에요.

과거의 마음도 찾을 수 없고,
현재의 마음도 찾을 수 없으며
미래의 마음 또한 찾을 수 없느니라.

–〈금강경(金剛經)〉

우리가 새롭게 태어나야 할 두 번째 마음은, 현실에 대해 감사하는 마음입니다. 사람으로 태어나서 감사하다, 내가 이렇게 살아있는 것만으로도 감사하다는 마음입니다. 이런 이야기가 있어요. 절에서 발우공양(鉢盂供養)을 하는데 행자가 실수로 밥알 하나를 떨어뜨렸어요. 그랬더니 큰스님께서 "얘야, 지금 밥알동자

(童子)가 울고 있구나."라고 하셨어요. 행자는 영문을 몰라 어리둥절하고 있는데, 사실 그 밥알은 사람이 되고 싶어서 세세생생(世世生生) 애를 써왔던 거였어요. 행자가 그 밥알을 먹었으면 행자의 몸을 이뤄 사람으로 되었을 텐데, 그 소원이 이뤄지기 직전에 그만 행자가 흘리는 바람에, 오랜 노력이 헛수고로 돌아가자 좌절의 눈물을 흘리고 있다는 겁니다. 한 톨의 씰이 되기까지 얼마나 많은 과정과 얼마나 많은 인연이 있었겠어요? 말하자면 쌀의 전생이 때로는 미물이나 곤충일 수도 있었을 테고, 또 식물로 태어난다 해도 헤아릴 수조차 없이 다양한 식물들 중에서 벼로 태어날 확률이 얼마나 되겠어요? 그리고 그 벼의 보이지 않는 곳에서 희생한 뿌리가 없었으면 쌀은 만들어지지 못했을 것이고, 영양분을 공급해주는 줄기가 없었어도 만들어지지 못했을 겁니다. 또 그 쌀 한 톨 만들어지기까지 얼마나 많은 농부의 손길이 필요했으며, 비가 와야 했고 바람이 불어야 했고 온도가 맞아야 했고… 얼마나 다양한 지구의 환경이 그를 도왔겠는가 말입니다. 생각해보면 쌀만 그런 게 아니라, 모든 존재가 다 그래요. 너 나 할 것 없이 모두가 소중한 존재입니다. 그것이 아무리 미물이고 풀 한 포기, 먼지 하나라 하더라도, 하나하나 낱낱의 존재마다 전 우주가 참여해서 만들어지고 유지되고 있어요. 존재하는 그대로 세상의 주인공입니다.

노란 5월
145.5×97.0cm
캔버스에 아크릴 물감

그런데 그 행자가 흘린 밥알의 소원이, 사람 뱃속에 들어가 사람노릇 한번 해보는 거라고 했잖아요? 그럼 그 사람이라고 하는 나는 과연 무엇일까요? 한번 진지하게 생각해볼 필요가 있어요. 우리 몸에서 흙의 기운, 물의 기운, 불의 기운, 그리고 바람의 기운을 빼고 나면 아무것도 없어요. 그래서 태어나는 것은 한 조각 구름이 모이는 것과 같고, 죽는 것은 한 조각 구름이 흩어지는 것과 같다고 했습니다. 물이 얼어 얼음이 되면 일정한 형태를 갖추고 있다가, 얼음이 녹아 물로 되면 얼음이 죽었다고 할 수 있고, 또 물이 증발해서 안 보이면 물이 죽었다고 할 수 있겠지요. 그러나 영원히 없어진 걸까요? 아니에요. 다만 그 모습을 감추었을 뿐이에요. 습기로 흩어져 보이지 않을 뿐, 그것이 응축돼서 비로 내리면 다시 물로 흘러 다닙니다. 하지만 이 그릇에서 증발한 물이 다시 이 그릇에 담길 확률은 거의 없어요. 알 수 없는 어딘가로 흩어져 가겠지요. 어디 물 뿐이겠어요? 모든 것이 다 그렇지요. 이와 같이 끊임없이 돌고 도는 수많은 인연들이 모여 내 몸을 이룬다는 사실을 생각해보면, 너무너무 신비롭고 소중한 인연이에요. 이렇게 내가 존재하고 있다는 사실, 그 자체만으로도 감사하지 않을 수 없어요.

빚에 쪼들리는 사람도 있고, 진급을 못 해서 힘들어하는 사람, 취직을 못 해서 고민인 사람, 아이가 공부를 안 해서 또는 남편이 바람을 피워서 괴로운 사람도 있고 여러 가지이지만, 다 내버려두고 한 생각 돌리면 바로 기쁨을 누릴 수 있어요. '자기가 바람 피워봤자 몇 년이나 피울 거냐? 피운 사람도 때 되면 썩어질 거고, 안 피운 사람도 썩어질 건데, 다 무상한 거다.' 하고 탁 놓아보세요. 남편이 술 먹고 행패를 부려도 같이 대들어 싸울 게 아니라, '남들은 시집도 못 가고 혼자 늙어가는 사람도 있는데, 그래도 나는 저런 남편이라도 있으니 얼마나 다행이냐?' 부인이 좀 속을 썩이더라도 '장가 못 간 사람도 많은데, 그래도 난 네 덕분에 장가라도 갔으니 얼마나 다행이냐?' 이렇게 한 생각 돌려보세요. 인간적인 고민들이 알고 보면 다 헛된 거예요. 그러니까 '나는 왜 이럴까? 왜 이렇게 괴로운 거야?'라고 속 썩이고 괴로워하면서 아까운 인생 낭비하지 말고, '사람으로 태어난 것만 해도 얼마나 다행이냐?' 이렇게 마음을 좀 넓고 크게 먹고, 웃으면서 살아보세요. 마음도 편해지고 몸도 건강해집니다. 나도 좋고 남도 좋아요.

가끔 이런 말씀을 하시는 분들이 있어요. "스님 법문 들으면 그때는 마음이 편안한데, 돌아서 나오면 또 열받아요. 저는 들으나마나 아닌가요?" 아닙니다. 긍정적인 생각을 순간순간 하다보면 영원으로 쌓여가는 겁니다. 점(點)이 모여 선(線)이 되고, 선이 모여 면(面)이 되지 한꺼번에 면이 되는 건 아니에요. 너무 욕심 내지 마세요. 순간순간 감사한 마음을 내려고 노력하는 그 자체에 의미가 있어요. 그리고 좀 어렵더라도 가식으로 하지 말고 진심으로 해야 공덕도 되고 행복할 수 있어요. 남편이 화를 내면 일단 잘못했다고는 하는데, 말로만 그러고 표정은 전혀 아닌 경우도 많죠? 마음까지 잘못했다는 생각을 해야 해요. 그러면 표정이 바뀌어요. 억울한 표정이 아니라 미안한 표정으로 되고, 갈등은 저절로 풀립니다. 이렇게 내가 먼저 변해야 상대도 변할 수 있어요. 그러니까 겉만 달라지지 말고, 속까지 달라지는 삶을 살아야 합니다.

현실에 대해 불평하기 시작하면 한이 없어요. 몇 년 전에 저는 살이 안 쪄서 참 고민이었습니다. 살찐 사람만 보면 부러웠죠. 사실 이삼십 년 전만 해도 마른 사람보다 뚱뚱한 사람이 인기가 좋았어요. 그래서 배 나온 사람이면 무조건 사장님이라고 불렀잖아요? 그런데 요즘은 세상이 바뀌어서, 배가 나오면 좋기는커녕 걱정부터 해요. 하여튼 저는 그때 살이 찌고 싶어서 뚱뚱한 사람에게 '어떻게 하면 살이 찔 수 있냐?'고 물어보았더니, 그 사람 말이, 어렵지 않대요. 먹고 자고, 먹고 자고 하면 된대요. 그래서 시키는 대로 먹고 자고 먹고 자고 하다가, 속이 아파서 아주 고생을 했어요. 그런데 세월이 흘러 나이가 드니까, 소위 나잇살이라는 게 찌더군요. 그래서 이번엔 살을 좀 빼려고 했더니, 찌는 것보다 빼는 게 더 어려워요. 자다가 일어나 윗몸 일으키기도 하고 그러는데도 안 돼요. 그런데 이런 식으로 생각하면, 이러면 이래 고통 저러면 저래 고통이에요. 그래서 과거에는 '아무리 먹어도 살이 안 찌고 건강하니까 참 좋다.'는 생각을 했어야 하는 거고, 지금은 '그래도 몸무게라도 나가니까 다행이다.'라는 생각을 해야 하는 건데, 저는 거꾸로 불평만 찾아다녔던 겁니다. 나에게 다가온 인연과 지금 처한 현실에 대해 항상 감사하는 마음을 내야 해요. 불평하기 시작하면 이래도 고통 저래도 고통이지만, 감사하는 순간 이래도 좋고 저래도 좋은, 날마다 좋은 날로 살아갈 수 있어요. 나이가 들어 주름이 많다고 성형수술이라도 하겠다는 분들이 있어요. 그러지 마세요. 노년에 청년처럼 살려고 하는 건, 청년이 노인처럼 살려고 하는 것과 뭐가 다르겠어요? 젊으면 젊은 대로 늙으면 늙은 대로, 이러면 이런 대로 저러면 저런 대로, 나답게 사는 것이 가장 좋은 삶입니다.

한번은 라디오를 듣다보니, 퇴근하는 즐거움에 대한 이야기가 나오더군요. 퇴근을 한다는 건 출근을 했다는 말이죠. 그런데 그 말을 들으면서 가만히 생각해보니까, 저는 죽는 사람의 기쁨에 대해서 말하고 싶었어요. 죽을 수 있다는 것은 태어났다는 말이에요. 우리는 태어나는 것만 좋아하고 죽는 건 싫어하지만, 알고 보면 태어나는 거나 죽는 거나, 그게 그거예요. 어떤 건 좋고 어떤 건 나쁘다는 이분법적 논리는 독선일 뿐입니다. 출근을 했으

노란 대문
65×50cm(15P)
캔버스에 아크릴 물감

니까 퇴근을 하듯이, 인생도 한 번 왔으면 한 번 가는 게 당연하죠. 태어남과 죽음은 결코 둘이 아니에요. 그러니까 그저 만나는 인연을 받아들이고 긍정할 줄 알아야 해요. 그것이 무엇이든지, 설사 죽음이라 할지라도 말입니다.

사실 요즘 보면, 돈이 문제가 아니라 일을 좀 했으면 좋겠다고 하는 사람이 많아요. 직장이 있다는 것, 일할 수 있는 기회가 있다는 것은 참으로 행복한 거예요. 대가를 논하지 말고 일을 통해서 기쁨을 누릴 수 있는 삶을 살아보세요. 그냥 일 자체에 최선을 다 하다보면, 물질적인 보상은 저절로 따라오게 돼있어요. 그러나 '내가 얼마나 많이 배운 사람인데 어떻게 그런 일을 해. 내 조건을 충족시켜주기 전까지는 일을 할 수 없어.' 이러고 있으면 그는 평생 일이 없습니다. 남의 집에 공짜 일이라도 그냥 해주세요. 열심히 하다보면 성실함이 인정받는 순간, 일할 수 있는 기회는 넓어지게 돼 있어요. 이게 세상사 이치입니다. 건강한 육신이 있어 감사하고, 움직일 수 있어 감사하다는 마음을 가지고 살면, 인생은 자연히 풀리게 돼있어요.

그런데 고통이 꼭 나쁜 것만은 아니에요. 고통은 어찌 보면 행복일 수도 있어요. 고통이 있기 때문에 미래가 희망적일 수 있기 때문입니다. 오늘의 고통이 없으면 내일의 발전이 없어요. 등 따시고 배부르고 아무런 불편함도 없으면 과학자들이 그렇게 고생해가며 연구를 하겠어요? 걸어다니는 게 힘들지 않았으면 자동차를 만들지 않았을 것이고, 빨래하는 게 힘들지 않았으면 세탁기도 만들지 않았을 겁니다. 부처님은 고통을 통해서 행복을 말씀하셨어요. 저는 가끔 이런 말을 합니다. 가난하게 태어난 걸 감사하게 생각하라고. 부모가 좀 부족한 게 나한테 엄청난 득이 된다고요. 왜냐하면 너무 완벽한 조건에서 태어나면 망할 일밖에 없기 때문이에요. 그리고 감동은 무엇을 통해서 옵니까? 고통을 통해서 옵니다. 즐거움을 통해선 감동이 없어요. 편안함을 통해선 감동이 없어요. 그렇기 때문에 우리는 고통에 대해서도 감사할 줄 알아야 해요. 고통에서 배울 수 있고, 고통의 깊이를 이해한다면 우리의 삶은 더 풍요로워질 겁니다.

생각해보면 부처님은 욕심이 참 많으셨던 분이에요. 목표가 대단히 컸던 분이에요. 왕자의 신분으로 태어나, 우리가 선망하는 부귀영화를 다 가졌음에도 불구하고, 부처님은 그걸 별 게 아니라고 보셨어요. 그 속에서도 괴로움을 찾아내신 분입니다. 그런데 오늘 우리는 부처님만큼도 못 되면서, 여기에 안주하려고만 하고 있어요. 자기가 괴로운 존재인데도 괴로운 존재임을 모르는 게 가장 큰 괴로움이라는 걸 알아야 합니다. 괴로움이라는 걸 파악하고 나면, 그는 괴로움에서 벗어날 수 있어요. 그러나 괴롭다는 사실조차 자각하지 못한다면 도저히 방법이 없어요. 내가 괴롭다는 사실을 자각하면 벗어나려는 목표가 서고, 목표가 서면 노력만 하면 돼요. 그러니까 고통이라 하더라도 부정하지 말고, 항상 감사하고 긍정하는 마음으로 자기를 바꿔가기 위해 꾸준히 노력해 보세요. 세상에 공짜는 없습니다. 노력하면 한 만큼 행복이 늘어납니다.

하나의 등불이 능히 천 년의 어둠을 깨뜨리고
하나의 지혜가 능히 만 년의 어리석음을 없애나니,
과거를 생각하지 말고 항상 미래를 생각하여라.
항상 미래의 생각이 좋은 것을 이름하여
보신불(報身佛)이라 하느니라.

–〈육조단경(六祖壇經)〉

봄 동네
65.1×45.5cm
캔버스에 혼합 재료

아픔은 희망이다

소 치는 사람이 채찍을 들고
소를 치고 잡아먹듯이
늙음과 죽음도 이와 같아서
기른 뒤에 목숨을 앗아가네.

천 명이나 백 명 중의 한 사람이 아닌
모든 족성의 남자와 여자들이
아무리 재물을 쌓고 모아도
쇠하거나 잃지 않는 이 없네.

이 세상 태어나 밤낮으로
목숨을 스스로 치고 깎다가
그 목숨 차츰 줄어 다함이
마치 저 잦아드는 옹달샘 같네.

—〈법구비유경(法句譬喩經)〉

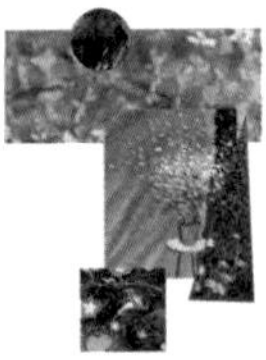

죽어서 간다는 천당이나 극락이 아무리 좋다 해도 중요한 건 지금이에요. 살아있는 현실에서 행복해야 미래도 있어요. 행복을 바란다면 인간다워야 합니다. 가장 인간다운 행동, 부처님께서는 그것을 '남을 위하는 마음'이라고 하셨어요. 나의 행복을 위해서라면 남은 어떻게 돼도 상관없다는 식의 이기주의에 빠져 있다면, 그것을 어떻게 사람답다 하겠어요? 그런 건 축생(畜生)들도 합니다. 나를 위해 살면 중생이요, 남을 위해 살면 보살이에요. 적극적으로 남을 위하는 일은, 궁극적으로 자기를 위하는 일이 됩니다. 다만 그걸 계산하지 말라는 것이지요. 남을 위할 때 아무런 계산 없이, 그냥 순수한 마음으로 최선을 다해보세요. 상대가 행복을 느끼기 전에 내가 먼저 행복해집니다.

현실을 긍정할 줄 알면 행복할 수 있어요. '나는 왜 이럴까?'라고 불평할 게 아니라, 나의 존재 가치를 있는 그대로 긍정해야 합니다. '왜 부잣집 다 내버려두고 이렇게 어려운 부모 밑에 태어났을까?' 라는 생각에 빠져있으면, 이건 비극입니다. 그런다고 상황이 변하는 것도 아니잖아요? 나만 괴로울 뿐이에요. '그래도 어머니 아버지 덕분에 내가 이 세상에 나왔으니 얼마나 감사한가?' 이런 마음으로 세상을 보세요. '능력 있는 남자 다 내버려두고 하필이면 왜 저런 남편을 만났을까?'라는 생각으로 찡그릴 게 아니라, '그래도 이만한 남편을 만났으니 얼마나 다행인가?' 하고 웃어보세요. 이게 긍정입니다. 행복은 부정에 있지 않고 긍정에 있습니다. 올려다보지 말고 내려다보고 살라는 말도 있듯이, 만족이라는 것은 채워서 되는 게 아니라, 오직 마음의 변화를 통해서 가능한 것입니다.

아무리 못나고 아무리 없어도, 그래도 생각해보면 우리는 행복한 존재들이에요. 저 논밭에 한번 나가보세요. 개똥밭에서 꿈틀거리는 것들, 쇠똥밭에서 꿈틀거리는 것들, 정말 여러 가지입니다. 그런 걸 보면 '나는 참 다행이다. 이렇게 사람으로 태어난 것만 해도 얼마나 다행인가?'라는 생각이 들어요. 또 외국 여행을 가보면 아주 열악한 환경에 사는 사람들도 많아요. 오지 중에 산간 오지, 전혀 문명이 들어가지 않은 곳에서 척박한 삶을 이어가고 있어요. 상상하기 어려울 정도의 생활이죠. 그들을 보면 마치 저 바위 절벽 틈바구니에 뿌리를 내리고 사는 풀꽃을 보는 것 같아 마음이 아파요. 그에 비하면 우리는 너무나도 풍요로운 삶을 누리고 있어요. 여기에 태어난 것만으로도 정말 다행이고 감사한 일이에요. 인상을 쓰면서 살아갈 이유가 없어요. 오히려 그들은 밝은 표정인데, 우리는 왜 그러지 못할까요? 현실을 부정하지 마세요. 긍정은 궁핍도 풍요로 만들지만, 부정 앞에는 그 어떤 풍요도 궁핍일 뿐입니다.

가끔 청소년들이 상담을 청해올 때가 있어요. 인생이 너무너무 고달프다고 하소연을 해요. "저는 왜 이렇게 살아야 하는지 모르겠습니다. 다른 친구들은 너무나 행복한데 저만 불행한 거 같습니다." 그럴 때마다 이런 말을 해줍니다. "얘야, 오늘은 아무것도 하지 말고 저 대학 병원 중환자실에 한번 가보아라. 응급실에 한번 가보아라. 너의 인생이 그렇게 불행인 것만은 아닐 거다." 부정하지 않는 인생을 스스로 가꿔가야 해요. 겉으로 보면 나만 힘든 거 같아도, 속사정을 들여다보면 거기가 거기예요. 도토리 키재기 인생이지, 큰 차이 없어요. 현실을 탓하지 마세요. 부처님은 이 세상을 '괴로움의 바다(苦海)'라고 하셨어요. 환경이 나빠서 그럴까요? 가진 게 부족해서 그럴까요? 아니에요. 우리 마음이 그러하기 때문입니다. 만족을 모르는 욕심 때문이에요. 욕심을 좇아가기 시작하면 한이 없어요. 마음을 확 비우고, 그저 하루 세 끼 밥 먹는 것에 감사할 줄 알아야 해요. 이게 공덕을 짓는 기본입니다. 부정적인 생각을 버리고 긍정적인 사고로, 현실에 감사하는 마음으로 살아보세요. 보이는 게 전부는 아닙니다. 눈앞에 보이는 것에 휘둘리지 말고 보다 넓은 마음으로 미래를 준비해야 해요.

얼마 전에 갑작스런 사고로 자식을 잃은 분이 찾아오셨어요. 요즘엔 많이 낳지도 않는데, 하나뿐인 자식을 잃었으니 그 슬픔이 오죽하겠어요? 이루 말할 수 없는 아픔이지요. 그런데 문제는, 그 고통이 거기서 끝나는 게 아니라고 합니다. 잊어버릴 만하면 뭘 좀 본다 하는 사람들이 '집에 이러이러한 일이 있었지 않소?' 하고 지적한다는 거예요. 그 아이가 가지 못하고 있다면서 말이에요. 억장이 무너지는 일입니다. 그러지 않아도 가슴이 찢어지는데 그 고통이 얼마나 크겠어요? 그래서 어떻게 했으면 좋겠냐고 상담을 청하신 거였어요. 자식을 위해 할 수 있는 가장 좋은 일은, 하루라도 빨리 잊어주는 겁니다. 그런데 그게 참 어려워요. 부모가 자식에 대한 애착을 놓는다는 게 어디 쉽겠어요? '잊어버리자, 잊어버리자.' 세뇌를 한다고 될 문제가 아니에요. 잊을 수 있는 유일한 방법은, 삶과 죽음의 원리를 알아야 해요. 삶은 무엇이고 죽음은 무엇인가를 완전히 꿰뚫어 철저히 이해할 때, 비로소 그를 놓아줄 수 있어요. 나이 들어서 가는 건 몰라도, 젊어서 가는 건 인정을 못합니다. 하지만 꼭 늙은 사람만 간다는 법이 어디 있어요? 누구든지 숨 안 쉬면 가는 거죠. 한 번 왔으면 한 번 가야 해요. 어쩔 수 없는 필연인데도 불구하고, 우리는 그걸 받아들이지 못해요. 이미 간 다음에는 어쩔 수 없어요. 울고불고해서 죽은 사람이 살아올 수 있다면 또 몰라도, 그렇게 괴로워할 필요는 없어요. 보다 지혜로운 길을 찾아야 합니다.

등 따시고 배부를 때는 종교가 별로 필요치 않아요. 그러나 크나큰 고통에 직면해서 어찌할 바를 모를 때, 종교는 길을 제시하고 힘이 되어줄 수 있습니다. 그래서 보험 드는 셈치고 마음공부도 좀 하고 수행도 해서, 평소에 지혜를 닦아놓아야 해요. 그런다고 해서 무슨 은총이나 가피(加被)로 불행한 일이 전혀 안 생긴다는 건 아니에요. 하지만 그런 지혜로써 인생의 이치를 알고 나면, 훨씬 더 현명하게 대처할 수 있어요. 어떤 경우에도 절망하지 않고 의연하게 대처할 수 있는 힘이 있기 때문에, 훨씬 자유롭고 편안한 삶을 살아갈 수 있어요. 세상의 불행이 나만 피해갈 거 같지만 과연 그럴까요? 텔레비전 뉴스에 나오는 일들이 언제든 나에게도 닥칠 수 있어요. 살다보면 자식이 교통사고로 죽을 수도 있습니다. 아무것도 모를 때는 해결 방법이 없어요. 그저 지옥 같은 고통에 시달릴 뿐이죠. '왜 죽었을까? 왜 이런 불행이 왔을까?' 절망의 늪에서 빠져나올 수 없을 겁니다. 그러나 평소에 수행을 열심히 해서 삶의 이치를 알고 나면, 모든 걸 인연으로 받아들일 수 있어요. '현실의 삶이 전부는 아니구나.' 하면서, 집착으로부터 벗어날 수 있어요. 이렇게 마음의 눈을 뜨는 게 수행이에요. 수행은 지혜를 키워주고, 지혜는 긍정의 토대가 되며, 긍정은 미래를 열어줍니다. 우리 마음이라고 하는 것은, 생각을 어떻게 하느냐에 따라 숨통을 죄어올 수도 있지만, 그걸 풀어낼 수 있는 길도 마음에 있어요. 생각 하나 돌리고 나면, 고통도 편안하게 받아들일 수 있어요. 고통이 더 이상 고통이 아닌 것이지요.

자식의 죽음이 물론 슬픔이지만, 그것 때문에 삶과 죽음에 대해서 깊이 생각하게 되고, 더 나아가 진리에 다가가는 계기가 된다면, 이 또한 감사한 일이 아닌가 하는 생각을 해보세요. '내 자녀가 나에게 크나큰 답을 주기 위해서 먼저 갔구나.'라는 생각을 해보세요. 그 죽음을 통해서 인생을 배우고, 지혜의 눈을 뜰 수 있는 계기를 마련해야 합니다. 물론 그 대가는 너무나도 컸지만, 그냥 절망만 하고 있어서는 안 돼요. 사랑하는 자녀의 안타까운 죽음을 헛된 죽음으로 만들 것이냐, 의미 있는 죽음으로 만들 것이냐는 오직 본인 자신의 마음에 달려있습니다.

불행을 지혜롭게 대처하지 못하면, 또 다른 불행을 만들게 돼요. 그렇기 때문에 불행을 만났을 때 피하려고만 하지 말고, 불행을 통해서 배워야 합니다. 더 나은 행복을 완성하기 위한 기회라 생각하고 감사하게 받아들이세요. 고통은 피하려고 하면 할수록 더 끈질기게 달라붙습니다. 도저히 벗어날 수 없어요. 그러나 고통에 감사하고, 고통에서 배우는 마음으로 살아간다면 우리는 자유로울 수 있어요. '오히려 잘된 거다. 이유가 있겠지. 충분한 이유가 있을 거야.'라는 눈으로 인생을 바라보세요. 우리 몸의 통증도 마찬가지입니다. 통증이 느껴진다는 것은, 치료를 시작할 수 있다는 의미입니다. 역설 같지만, 아프다는 것은 희망이 있다는 거예요. 통증조차 느끼지 못한다면, 그 어떤 해결의 실마리도 찾을 수 없기 때문이에요. 고통이야말로 행복의 재료이며, 인생의 스승입니다.

고통 앞에 당당해야 합니다. 주눅 들 필요 없어요. 그러나 현실은 어떠한가요? 작은 어려움만 생겨도 마음이 불안하고, 어디서 무슨 말만 들어도 신경이 쓰여서 자꾸 부정적인 생각이 일어나요. 점쟁이가 '당신 집에 이러이러한 일이 있었소?'라고 물어보면서 조상신(祖上神)이 어떻고 하는 말만 들어도 꺼림칙하고, 조금만 안 좋은 일이 생겨도 '이래서 그런가? 저래서 그런가?' 중심을 못 잡아요. 귀신이 있고 없고를 떠나 중요한 것은, 우리는 결코 거기에 꺼둘리는 존재가 아니라는 사실입니다. 내 마음을 건강하게 하고 자아 본성을 강하게 해서, 어떤 바람에도 흔들리지 않는 힘을 길러야 해요.

그러려면 어떻게 해야 할까요? 허물을 만들지 않아야 합니다. 죄 지은 사람은 경찰서 앞을 제대로 못 지나가요. 운전을 하다가 신호위반이라도 좀 하면, 퍼런 옷만 봐도 교통경찰인지 알고 깜짝깜짝 놀라요. 이게 양심입니다. 허물이 있으면 스스로 약해질 수밖에 없어요. 그래서 사람이라면 사람의 도리를 다해야 해요. 그러면 당당할 수 있어요. 부처님께서도 '진리에 모순되지 않는 삶을 살아야 한다.'고 하셨어요. 진리에 어긋남이 없는 삶, 그것을 하나하나 배우고 익혀가는 게 수행입니다. 양심을 키워가는 공부라고 할 수도 있어요. 내가 당당하면 약해질 이유가 없어요. 하찮은 귀신한테 휘말릴 이유도 없고, 불행 앞에 주눅 들 필요도 없어요. 누가 뭐래도 당당한 인생을 살아갈 수 있어요. 마음의 눈을 똑바로 뜨면 걸림 없는 행동이 나오고, 걸림 없는 행동은 나를 당당하게 해줍니다. 해야 할 바를 다하고 살면 영적 세계든 현실 세계든 상관없이, 언제나 자유롭고 편안할 수 있어요.

얼마 전에 어떤 할머니께서 저승 갔다 온 이야기를 하셨어요. 그 분은 절에 열심히 다니셨는데, 어느 순간부터 안 다니셨다고 합니다. 그러다가 갑자기 병이 왔어요. 심근경색으로 쓰러졌는데 수술을 해도 완쾌가 안 되고 있었어요. 그러던 어느 날 의식불명 상태에 빠져 꽤나 긴 시간을 있었는데, 꿈에 염라대왕이 나타난 거예요. "새카만 갓을 쓰고 도포를 입고 잡으러 왔는데, 쇠사슬에 묶여서 끌려가다가 스님을 만났어요. 좀 구해줄는지 알았더니 아주 냉정하시더군요. 그렇게 가다가 어느 강을 만났는데, '저 강만 건너면 끝이다.'라는 생각이 들었어요. 그런데 거기에 관세음보살님이 계셨어요. 하얀 옷을 입은 관세음보살님하고

봄이 오네 · 72.7×50.0cm · 캔버스에 아크릴 물감

소 슈퍼

스님이 서계신데, 관세음보살님께 막 매달렸어요. 제발 살려달라고 말이에요. 그랬더니 보살님께서 미소를 지으면서, 오라고 손짓을 하시더군요." 그래서 막 돌아서는 순간, 의식이 돌아오면서 깨어났는데, 마음이 아주 맑아지더라고 하셨어요. 그러면서 이런 말씀을 덧붙이셨어요. "스님, 아마도 이런 병이 온 게, 제가 절에 자주 안 나와서 그런 거 같아요." 무언가 마음에 걸리는 게 남아 있으면 이런 생각이 드는 거예요. 조금이라도 안 좋은 일이 생기면 '혹시 그래서 그런가?' 하고 걱정이 돼요. 하물며 생명이 왔다 갔다 하는 고통에 직면하면 무슨 생각인들 안 들겠어요? 그래서 평소에 잘 해야 해요. 허물을 만들지 말고 떳떳하게 살아야, 고통 앞에 당당할 수 있어요.

지으며 기뻐하고 뒤에 또 기뻐하니
착한 행실 하는 사람, 두 번을 기뻐한다.
그는 기뻐하고 오직 즐겨하나니
복을 바라보는 그 마음 편안하기 때문이라네.

이승에서 즐겨하고 저승에서 즐겨하고
착한 행실 하는 사람, 두 곳에서 즐겨한다.
스스로 복을 짓고
그 복을 받으면서 즐겨한다.

지으며 걱정하고 뒤에 또 걱정하니
악한 행실 하는 사람, 두 번을 걱정한다.
그는 걱정하고 두려워하나니
죄악을 바라보고 마음은 두려움에 떤다.

이승에서 뉘우치고 저승에서 뉘우치고
악행을 하는 사람, 두 곳에서 걱정한다.
스스로 재앙을 지으면
그 죄를 받으면서 괴로워한다.

-〈법구비유경〉

인생이 결코 길지 않아요. 번갯불처럼 빠른 게 인생입니다. 그 동안 업을 지을 기회는 많지만, 복을 지을 수 있는 기회는 정말 드물어요. 절대로 기회를 놓치지 말고 최선을 다해야 합니다. 복이 되고 공덕이 되는 일이라면 악착같이 해야 해요. 스스로가 자기 마음을 다잡을 줄 알아야 합니다. 그리고 언제나 진리에 우선순위를 두세요. 수천 억을 벌어놓았어도 자다가 못 일어나면 죽는 거예요. 목숨은 겨우 호흡지간에 있어요. 이 생명이 영원할 거라는 착각에서 빠져나오세요. 숨 쉬는 동안 어떤 것이 가장 값진 것이냐를 생각해보고, 후회 없는 오늘을 살아야 합니다. 이것이 지혜로운 인생이에요.

살아서 좋은 인생을 살아야 죽어서도 좋은 곳에 태어날 수 있어요. '죽으면 그만이지 뭐가 있어?' 하고 함부로 살다가 지옥에라도 떨어져 지장보살(地藏菩薩)님 신세를 져야 한다면 큰일이에요. 그때 후회해봤자 이미 때는 늦어요. 그래서 혹시 모르니까 보험 든다는 생각으로 베풀고 나누면서, 사람이면 사람답게 해야 할 도리를 다하는 충실한 삶을 살아야 해요. 그러면 늘 마음이 편안하고, 어떤 고통 앞에서도 당당할 수 있고, 죽음 앞에서도 의연할 수 있어요. 그리고 딱 죽어보니 극락이면 더 좋고, 만약에 지옥도 없고 극락도 없고 아무것도 없다면… 그래도 뭐 밑질 건 없어요. 본전이에요. 왜냐하면 살았을 때 마음 편하게 잘 살았으니까요. 그 공덕이 어디 가겠어요? 내가 지은 건 모두 나의 것입니다.

그리고 진실보다 값진 건 없어요. 상대방을 위하더라도 진실한 마음으로 위해야 합니다. 상대를 측은하게 대하는 것도 위선으로 하지 말고 진정으로 가슴에서 우러나는, 눈물 핑 도는 측은함을 보이세요. 그래야 참다운 공덕이 됩니다. 남편을 보더라도 '모진 인생이 참으로 고달프지만, 그래도 가족을 위해 희생하는 당신이 참으로 아름답습니다.'라는 마음으로 대해보세요. 아내를 보더라도 '나를 위해 고생하는 당신, 참으로 고맙습니다.'라는 마음으로 대해보세요. 이게 행복입니다. 말은 그다지 중요한 게 아녜요. 마음만 가득하다면 백 마디 천 마디 미사여구보다, 눈빛 하나로도 마음이 전해집니다. 말 한마디 행동 하나 하더라도 상대의 진실을 원하지 말고, 내 마음의 진실을 담을 수 있어야 해요. 그러면 그 마음은 영원한 보배가 되고, 진정한 행복을 약속하는 씨앗이 됩니다.

'가령 저세상이 있고 선한 행위에 대한 과보가 있다고 하자. 그렇다면 죽은 후 육신이 흩어졌을 때 나는 지복을 누리는 선처, 즉 천상 세계에 태어날 수 있을 것이다.'
이것이 그가 얻는 첫 번째 안식이다.

'가령 저세상이 없고 선한 행위에 대한 과보가 없다고 하자. 그렇다 해도, 지금 여기 바로 이 세상에서의 증오와 원한을 여의고 나는 스스로를 안전하고 행복하게 지킨다.'
이것이 그가 얻는 두 번째 안식이다.

-〈깔라마경(經)〉

나리꽃
72.7×53.0cm
캔버스에 아크릴 물감

찌꺼기를 남기지 않는 마음

내 인생에서 가장 행복한 날은 언제인가?

바로 오늘이다.

내 인생 최고의 날은 언제인가?

바로 오늘이다.

-〈벽암록(碧巖錄)〉

세상의 법은 어떤 잘못을 저질렀을 때 그걸 들키면 죄가 되지만, 아무리 큰 잘못을 했어도 들키지만 않으면 죄가 안 됩니다. 이건 아무리 생각해봐도 문제가 있는데, 우린 그 법을 최고로 알고 살아가고 있어요. 그러나 진리의 세계는 어떤가 하면, 설사 아무에게도 들키지 않고 자기만 알고 있는 잘못이라도 그건 분명한 죄악이며, 그 과보, 즉 벌은 피할 수 없어요. 이것이 바로 세속의 법과 진리의 법의 차이입니다. 세속의 삶은 잘못을 해도 들키지만 않으면 그냥 굴러가는 모순 덩어리이지만, 진리의 세계에선 한 치의 오차나 예외도 없어요. 그런데도 법대에 가서 법률 공부 하는 것은 무척 대단하게 생각하고, 겉으로 드러난 얄팍한 세상에 대해 공부하는 것은 엄청난 비중을 두면서도, 정말 깊이 있는 마음, 그 보이지 않는 세계까지도 들여다보고 마음공부를 하는 건 소홀하게 생각하는 경향이 있어요. 참으로 안타까운 일입니다.

사실 학교에서 가르치는 공부는 깊이가 얕은 공부이고, 마음공부는 깊이가 있는 공부라고 할 수 있습니다. 학교 공부를 해도 정성과 성의가 있어야 하는데, 하물며 마음공부를 하는데 건성으로 해서 되겠어요? 그런데도 제대로 해보지도 않고 지루하다거나 어렵다고 하면서, 법문이나 수행을 외면하고 게을리하는 분들이 있습니다. 만일 학생이 수업이 지루하고 어렵다고, 학교 안 가겠다 하면 그 부모가 얼마나 속이 터지겠어요? 저도 마음공부를 소홀히 여기는 분들을 보면 속이 터져요. 학교에서 가르치는 것은 그저 세상을 살아가는 데 필요한 약속과 지식일 뿐인데도 그 공부가 힘들다 하는데, 궁극의 진리를 찾아들어가는 마음공부가 어찌 수월하기만 하겠어요? 너무 쉽게만 하려고 해서도 안 되고, 너무 재미로만 접근해서도 안 돼요. 좀 힘들어도 진지하게 열심히 해야 행복의 길로 나아갈 수 있습니다.

하루하루 최선을 다하고, 그 찌꺼기가 남지 않게 살아야 합니다. 항상 자기를 점검할 줄 아는 삶을 살아야 해요. 하루를 돌아보지 않는다면 사람다운 사람으로 살기 어렵기 때문이죠. 그런데 밤에 잠자리에 들면서 하루를 돌이켜보면 '참 잘 살았다'는 생각보다도 '그 말은 하지 말았어야 하는 걸 했구나.' 하는 후회로 등에 식은땀이 날 때가 많아요. 우리는 누구에게나 양심이 있고, 이 양심에 저촉되는 일을 했을 때는 마음이 괴롭지만, 스스로 생각해도 '참 잘한 일'이라고 생각되면 기분이 좋아요. 이렇게 하루를 생활하고 난 이후에, 기억 속에 찌꺼기가 남지 않도록 하는 것이 잘 사는 길이며, 이것이 바로 행복입니다.

찌꺼기가 남지 않는 개운한 마음, 편안한 마음을 이루는 기본의 첫째는, 아무런 조건 없이 베풀고 나누는 것입니다. 이걸 '보시(布施)'라고 해요. 그런데 이런 질문을 하시는 분도 있습니다. "스님, 저는 가진 게 없는데 어떻게 베풀어요? 저 먹고 살기도 부족한데요." 보시에는 물질적인 보시만 있는 게 아니에요. 법회를 보러 절에 왔을 때, 사람이 좀 많아서 방석이 부족하면, 자기가 앉아있던 방석을 조금 내어주면서 "이리 와서 앉으시라."고 양보를 하면 이것도 보시입니다. 보시는 뭐 거창한 것도 아니고, 어려운 것도 아녜요. 집에서 주부가 정성스레 밥을 지어놨는데, 식구들이 밥맛 없다고 투덜대면 속이 뒤집어져요. 그러나 식구들이 맛있게 먹어주면, 기분이 아주 좋지요? 이것도 보시입니다. 신도님들과 함께 길을 가다보면 사고가 난 현장을 볼 때가 있습니다. 그런데 그걸 보고 남의 일이라고 그저 구경거리로만 여기는 분들도 있지만, 마치 내 일처럼 마음 아파하고 눈물짓는 분도 있어요. 이렇게 남의 불행과 고통을 같이 아파하고 눈물 흘려주는 것, 이 또한 보시입니다.

그렇기 때문에 꼭 물질적으로 주는 것만 보시는 아녜요. 보시를 할 수 있는 영역은 그 한계가 무량합니다. 가진 게 없어도, 아무리 가난해도 말은 할 수 있잖아요? 이 입으로 항상 좋은 말, 격려하는 말, 칭찬하는 말을 해주면 그 또한 공덕이 됩니다. 길가에 물고기 한 마리를 보더라도 그냥 보지 말고 '저 물고기가 살아가는 데 지장은 없을까?'라는 마음으로 살펴보고, 그 물이 말라버릴 거 같으면 물고기를 너른 물로 옮겨주는 것도 훌륭한 보시이며, 이것이 바로 방생입니다. 길을 가다가 모르는 노인이 비틀거려도, 내 부모 부축하듯 도와주는 것도 보시이고, 이러한 보시야말로 성불(成佛)의 공덕이 되는 겁니다.

그러면 베풀고 나누는 게 왜 그렇게 중요한가 하면, 사실 진리의 세계에서 '너와 나'는 둘이 아니고 하나이기 때문이에요. 알고 보면 너의 몸과 나의 몸이, 둘이 아니라 하나라는 것입니다. 그런데도 우리는 세상의 참모습을 보지 못하고 너무 상식적인 차원에서, 근시안적이고 이기적인 관점으로 세상을 보기 때문에 수많은 문제들이 생겨납니다. 옛말에 '사촌이 땅을 사면 배가 아프다.'는 말이 있는데, 이렇게 벌써 사촌만 돼도 편을 가르며 사는 게 세상인심입니다. 생각해보면 사촌이 땅을 사서 잘 되면 당연히 기뻐해야 할 일인데, 왜 그런 말이 생겼을까요? 사실 형제간에는 안 그래도, 동서지간에 그렇게 되는 겁니다. 형제간에 아무리 우애가 좋아도 결혼해서 짝이 하나씩 생기면, 벌써 그때부터 갈등의 소지가 생겨요. 내 것, 네 것, 편 가르기가 시작되기 때문입니다.

그게 얼마나 심한가 하면, 내 자식이 똥을 싸놓으면 "아이구,

이쁘기도 해라, 마치 고구마 같네." 하면서, 그 냄새 나는 똥이 더럽지가 않아요. 내 자식에 대한 사랑이 워낙 크다보니까, 더러운 똥도 더럽지 않은 겁니다. 그야말로 '모든 게 마음먹기 나름'이라는 말이 실감납니다. 그 지독한 냄새도 싫지 않아요. 그런데 어느 날 동서가 애를 낳아 가지고 와서, 그 애가 똥을 싸서 방바닥에 좀 묻혀 놓으면 "세상에 냄새나 죽겠다."고 하면서, 오는 것조차 은근히 싫어해요. 사실 형제에서 비롯된 사촌이면, 한 핏줄과 다름없는데도 이 정도로 편을 가르는 게 세상인심이거늘, 나머지야 오죽하겠어요?

그러나 아무리 '내가 잘났느니 네가 잘났느니' 해도, 나 홀로는 결코 살아갈 수 없도록 돼있는 게 세상사 이치입니다. 먹고 사는 문제만 살펴보더라도, 우리는 하루 세 끼 꼬박꼬박 먹어야 살잖아요? 그런데 쌀을 사먹는 사람은 고사하고 농촌에서 직접 자기 손으로 농사를 지었다 하더라도, 그 농사가 본인 혼자 지은 게 아니에요. 농사를 짓기 위해서 여러 가지 농자재를 사용합니다. 비닐을 사다가 하우스도 만들었고, 비료도 사다 뿌렸고, 경운기와 트랙터도 사용했고 탈곡도 했습니다. 그 비닐을 본인이 직접 만들고, 그 비료를 직접 만들었으며, 경운기와 트랙터도 내 손으로 직접 만들었나요? 아니에요. 내가 모르는 수많은 사람들의 수고와 정성이 곳곳에 녹아들어 있습니다. 그 덕분에 비로소 농사를 지을 수 있는 겁니다. 또한 도시 사람들은 누군가가 지극한 정성으로 농사를 지어주지 않았다면, 내가 어떻게 쌀을 사다가 밥을 해먹을 수 있겠어요? 그렇기 때문에 도시에 살건 농촌에 살건 '내가 잘나서 밥을 먹었다.'라고 생각한다면, 이건 너무나도 이기적인 생각이에요.

이러한 관점에서 보면 나의 행복이라는 것 또한, 나 혼자만으로 이루어지는 게 아니라, 누군가에 의해서 만들어진다는 것을 인정할 수밖에 없어요. 내가 누군가에게 도움을 받아서 행복하고, 내가 누군가에게 도움을 줄 수 있어서 행복하다는 생각으로 살아야 합니다. 그러면 나에게 두 가지 마음이 생기는데, 그건 긍정과 감사입니다.

우리는 인생을 살아가면서 별별 일을 다 겪습니다. 그런데 어떤 상황이든 그걸 긍정적으로 보느냐 부정적으로 보느냐에 따라서 천당과 지옥, 고통과 행복이 갈립니다. 제가 얼마 전에 감기가 걸렸는데 아주 지독한 독감이었습니다. 그래서 혼자 누워서 끙끙 앓다보니 새삼스럽게 어머니 생각도 나고, 출가를 하지 않고 결혼해서 살았더라면 이렇게 아플 때 가족들로부터 극진한 간호를 받을 수 있을 텐데 하는 별별 생각까지 다 들면서, 평소에 몰랐던 외로움도 느껴보았습니다. 저는 그동안 출가해서 승려 생활에 불만을 가져본 적이 없고, 정말 출가하길 잘했다는 생각으로 살아왔는데 몸이 아프니까, 가지 않은 길에 대한 이런저런 생각들을 하게 된 거죠. 그러나 제가 그 길을 갔더라면 지금이 출가 생활은 당연히 못했을 것이고, 제가 출가를 한 이상 다른 길은 바랄 수도 없는 겁니다. 이와 같이 이것을 얻으면 저것을 버려야 하고, 저것을 얻으면 이것을 버려야 하는 게 인생사입니다. 둘 다 취할 수는 없어요. 욕심을 버려야 긍정적인 마음이 열립니다. 그래서 저는 이번에 독감으로 시달리면서 방에 누워서 도(道)를 아주 잘 닦았습니다. 내 처지를 비관하는 사람은 그 삶이 절망일 수밖에 없어요. 그러나 얻으면 잃는 것도 있고, 잃으면 또 얻는 것도 있는 것이 세상사 이치라는 것을 바로 알고, 매사를 긍정적으로 볼 줄 아는 사람은 어떠한 어려움도 능히 이겨낼 수 있고, 늘 편안한 마음으로 살아갈 수 있어요. 이것이 천당이요, 이것이 극락입니다.

그리고 주위 사람에 대해서는 항상, 그저 존재해주는 것만으로 감사하고, 그가 곁에 있어 내 이름이 성립되는 것만으로도 행복한 줄 알아야 합니다. 저 중환자실에 한번 가보세요. 가족들 중에 이런 말씀을 하시는 분들이 있어요. "저렇게 말도 못하고 그저 누워만 있어도 괜찮습니다. 저분이 저기 계시는 것만으로도, 저는 너무너무 가슴이 그득합니다." 보나마나 치료비도 부담스

럽고 병간호하느라 고생이 말이 아닐 텐데도 "그저 살아 계셔주는 것만으로도 행복하다."고 하시는 그분을 보고 '정말 당신이 보살입니다.'라는 생각을 했어요.

가정에서도 마찬가지입니다. 남편이 아무리 술을 먹고 들어와 행패를 부려도, 미워만 할 게 아니라 한 생각 돌이켜보세요. '당신이 아무리 그래도, 당신이 있으니까 내가 과부가 아니지.' 이렇게 긍정적으로 받아들이면, 미움이라는 고통에서 벗어날 수 있어요. '나는 왜 이럴까?' 하고 원망만 하지 말고 '아, 내가 이렇게 살아있으니 얼마나 좋은가?' 생각하고, 남편이 좀 마음에 안 들더라도 '당신이 있어서 과부 소리 안 들으니 얼마나 다행인가?' 생각하고, 자식이 속을 썩여도 '네가 있어 내가 엄마 소리를 들으니 얼마나 감사한가?' 이렇게 긍정적으로 받아들이고, 그저 존재 그 자체에 대한 감사의 마음으로 살아야 해요. 그 자식인들 속 썩이고싶어 그러겠어요? 자기도 해도 해도 안 되니까 그러는 거죠. 이렇게 한 생각 잘만 돌리면, 바로 지금 여기에서 행복할 수 있습니다.

그런데 사실 이렇게 살기가 어렵기는 하죠? 저한테 상담을 청하는 분들 중에는, 별일도 아닌 걸 가지고 사느니 못 사느니 하는 분들도 있어요. 그런 분들께는 제가 이런 말씀을 드립니다. 그가 양심에 찔릴 정도로 그를 봐주라고. 상대방이 나를 인정해주지 않을수록 나는 더욱 그를 인정해주는 사람이 돼야 해요. 남의 행동을 평가하고, 공격하고, 깎아내리는 것보다는 '그가 왜 그럴 수밖에 없을까?'를 깊이 생각해보는 것이 중요합니다. 그리고 좀 느긋하게 기다려줄 줄 아는 여유도 필요합니다. 인간이라고 하는 것은, 물론 사람마다 성격이 다 다르다고는 하지만, 그 깊은 심성에는 누구나 양심이라는 부분이 있어요. 그런데 상대방의 허점을 붙들고 늘어지면서 계속 공격을 하면, 이미 깨진 바가지는 어쩔 수 없습니다. 심하게 상처 입은 관계는 회복되기 어려운 법이에요. 그렇기 때문에 특히나 부부 사이, 부모와 자식 사이에서 믿음이 참으로 중요해요. 기다리면 분명히 돌아올 것이라는 믿음을 가지고, 좀 느긋하고 끈질기게 기다려주는 게 중요합니다.

그리고 이 감사의 마음은, 받으면서 감사할 수도 있지만 베풀면서 감사할 수도 있어요. 몇 년 전 춘천에서 삼운사 대불보전 불사를 할 때, 멀리 서울에 계신 불자님에게 전화를 드렸습니다. 그분은 연세가 70이 넘으신 분인데, 서울에서 가구점을 하고 계십니다. 불사를 한다는 말씀과 함께 시주를 권해드렸더니 흔쾌히 응하셨어요. 그 자리에서 몇 천만 원의 시주를 약속하셨습니다. 그래서 그 후로 기회 있을 때마다 고맙다고 인사를 드리면, 그 분은 "스님, 제발 좀 그러지 마세요. 스님께서 고맙다고 하실 때마다 제 복이 깎이는 것 같습니다."라고 하면서, 오히려 저에게 감사하다고 하셨습니다. "스님이 아니면 제가 어찌 춘천에 복을 지을 수 있겠습니까? 겨우 해봐야 서울에서밖엔 못 지었을 텐데, 스님께서 그곳 주지로 가신 덕분에 제가 춘천에까지 복의 씨앗을 심어 놓았으니, 얼마나 감사한지 모르겠습니다." 이렇게 저도 감사하고 그분도 감사하니 이것이 극락이지, 극락이 뭐 따로 있는 게 아니죠.

그러나 한쪽에서 아무리 감사한다 하더라도, 다른 한쪽에서 자만심으로 가득 차 대가를 바라고 있으면 문제는 달라집니다. 만약 그 신도님이 '내가 몇 천만 원 시주했으니까 스님이 나한테 잘해야지. 스님이 때만 되면 나에게 인사를 해야지. 나만 보면 업어줘야지.' 하는 생각을 가지고 있으면, 그건 결코 행복이 아녜요. 괴로움일 수밖에 없습니다. 한번은 어떤 분이 말씀하시기를, 자기 할머니가 절을 다니셨다고 합니다. 그런데 그 절은 마치 자기 할머니가 다 지으신 것처럼, 큰소리를 쳤어요. 할머니가 기둥도 하고 대들보도 하고, 다 하셨다는 겁니다. 그래서 제가 그랬어요. "아직도 그걸 짊어지고 다니십니까? 얼마나 무거우십니까?" 할머니가 한 건, 할머니가 하신 걸로 끝내야 합니다. 내가 받을 걸 계산하면, 감사하는 마음은커녕 원망하는 마음만 생겨요. 그렇기 때문에 보시를 하되 받을 생각을 하지 말고, 준 것으로 그냥 끝내야 합니다. 그러면 서운한 감정은 아예 생기지 않아요. 자식을 키울 때도, 내 자식이니까 사랑하고 키우는 걸로 끝내야 합니다. 자식이라고 이것저것 줘놓고 '너 안 갚으면 안 돼. 꼭 갚아야 돼.'라고 벼르고 있으면, 그건 비극입니다. 받는다는 보장이 어디 있어요? 그래서 보시를 할 때는 바라는 마음 없이 베풀어야 한다는 말씀이고, 그래야 공덕이 되고 행복할 수 있습니다.

이렇게 보시를 실천하면서 하루에 한 가지 정도는 자기 자신을 칭찬할 수 있는 삶을 살아보세요. 하루를 돌아보면서 '그래, 이것만큼은 정말 잘했어.' 이렇게 말입니다. 거창하고 어려운 데서 찾으려고 하지 말고, 사소하고 쉬운 데서부터 찾을 수 있습니다. 다른 사람을 배려하고 베풀고, 그 베풀었다는 생각조차 없이 아무런 대가를 바라지 않을 때, 뒤돌아보아 찌꺼기가 남지 않는 개운한 마음, 긍정과 감사의 마음이 열리는 것이며, 이것이 진짜 행복입니다.

이것이 있으므로 저것이 있고,
이것이 생하므로 저것이 생한다.
이것이 없으므로 저것이 없고,
이것이 멸하므로 저것이 멸한다.

–붓다(Buddha)

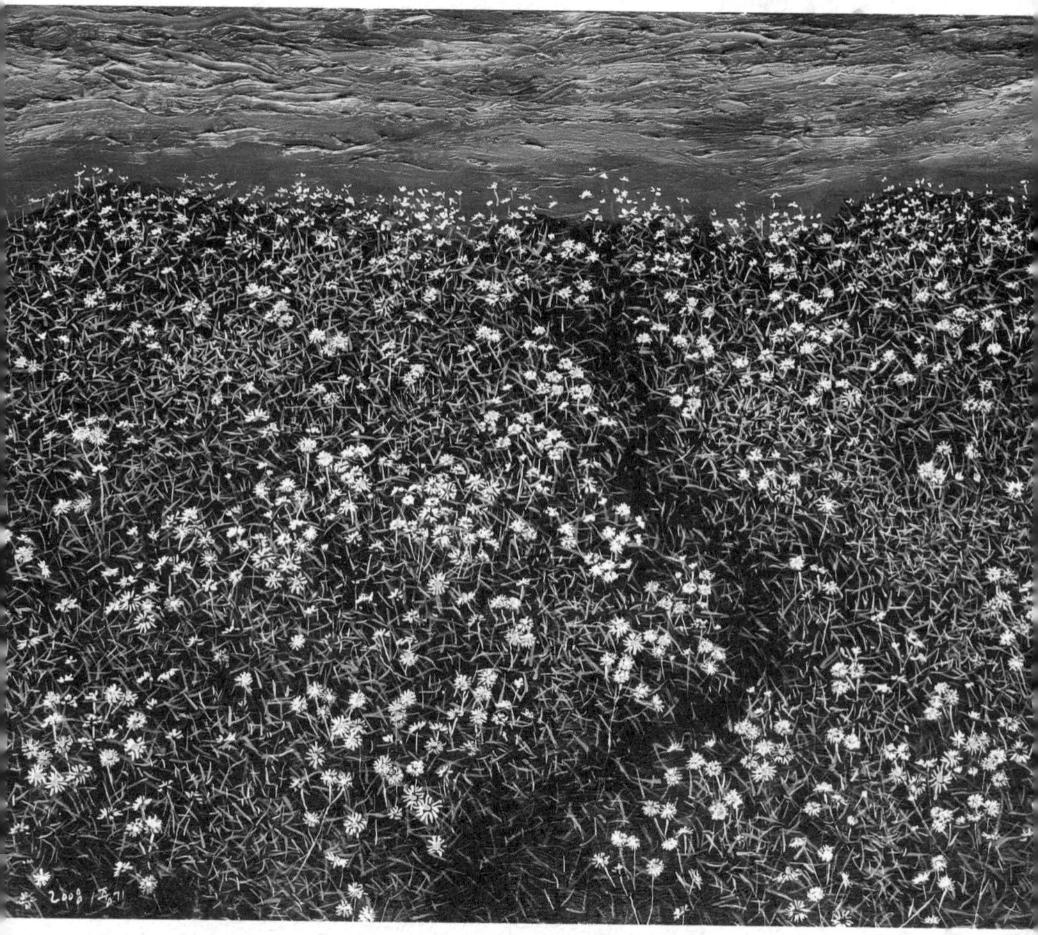

개망초
70.0.×45.0cm
캔버스에 유채

2장

복이 되는 마음

꽃비
120×55cm
캔버스에 아크릴 물감

나를 세일하세요

가령 어떤 사람이 부모의 은혜를 갚기 위하여
왼쪽 어깨에 아버지를 업고 오른쪽 어깨에 어머니를 업고서
수미산(須彌山)을 백번 천번 돌아도 오히려
부모의 깊은 은혜는 다 갚을 수 없나니라.

–〈부모은중경(父母恩重經)〉

이 세상에 후회 한번 해보지 않은 사람이 있을까요? 그런 사람은 없을 겁니다. 누구나 후회는 해요. 어렸을 때 생각해보면, 학교 다닐 때 시험지 받아놓고 후회한 적이 많아요. 아예 모르는 문제 같으면 말도 안 해요, 알듯 말듯 한 문제를 보면 후회막심해요. '어젯밤에 조금만 더 보고 잘걸, 잠의 유혹에 빠져서 지금이 고생이구나.' 하면서 말이에요. 인생도 그런 거 같습니다. 지나고 보면 '그때 잘 할 수 있었는데…' 하는 것들 때문에 후회하고 마음 아파하고 그러지요.

영국의 유명한 성직자 콜턴(Charles Caleb Colton)이 이런 말을 했어요. "후회의 씨앗은 젊었을 때 즐거움으로 뿌려진다." 정말 그렇습니다. 젊어서 어리석게 살면 늙어서 후회할 수밖에 없어요. 아무리 열심히 살아도, 지혜롭지 못하면 나중에 후회해요. 인생이 길다고 생각하시나요? 연세 많으신 분들께 물어보세요, 세월이 얼마나 빠른지. 저도 이렇게 빠른 줄 몰랐어요. 인생이 결코 길지 않아요. 알차게 살아야 해요. 나중에 후회한들 무슨 소용이겠어요?

이런 이야기가 있습니다. 어떤 나그네가 넓은 들판을 가고 있었는데, 미친 코끼리가 쫓아오는 거예요. 나그네는 두려워서 도망치기 시작했죠. 사실 우리도 그래요. 어디가 바른 길인지, 앞길이 어떤지도 모르면서 쫓기듯 살아가고 있어요. 인생길을 훤히 알고 가는 사람이 있을까요? 오늘 죽을지 내일 죽을지, 일이 잘 될지 안 될지 몰라요. 그래서 사주도 보고 점도 보고 그러는데, 하지 마세요. 어리석은 거예요. 인생이란 원래 그런 거예요. 내일을 모르는 게 정상이에요. 알고 가면 재미도 없을 뿐만 아니라, 그건 인생이 아니에요. 내일이 좋으려면 열심히 노력하면 되는 거지, 좋을까 안 좋을까 미리 걱정할 필요 없어요. 땀 흘려 노력하면 좋을 것이고, 안 하면 안 좋을 것이고, 노력해도 안 되면 방법이 잘못된 거예요. 뭐가 어려워요? 그냥 가기 어려우면 길을 찾으면 되고, 깜깜하면 등불을 찾으면 돼요.

코끼리에 쫓기던 나그네는 도망가다가 오래된 우물을 만나, 그 속으로 늘어진 등나무 줄기를 타고 안으로 피했어요. 반쯤 내려가 매달린 채로 코끼리가 돌아가기만 기다리는데, 아래를 보니 독룡(毒龍) 네 마리가 입을 쩍 벌리고 있는 겁니다. 떨어지면 바로 죽는 거죠. 그리고 또 우물 벽을 둘러보니까 작은 독사들이 혀를 날름거리고 있어서 움직이면 물릴 거 같고, 참으로 난감한 처지가 됐어요. 그런데 더 심각한 건, 위를 쳐다보니 하얀 쥐, 검은 쥐 두 마리가 등나무 줄기를 열심히 갉아먹고 있는 게 아니겠어요? 저러다간 지금 매달려있는 줄기가 언제 끊어질지 모르는 절체절명의 순간인데, 나무 꼭대기 벌집에서 꿀물 몇 방울이 똑똑 떨어지는 겁니다. 나그네는 그 절박한 상황에서도 달콤한 꿀맛에 빠져 코끼리 생각도 잊어버리고, 쥐가 쏠아대는 것도 잊어버리고, 독사가 노리고 있는 것도 잊어버리고 세월을 보내고 있다는 이야기예요. 그게 누구겠어요? 바로 우리입니다.

우리 생명이라는 게, 저 하얀 쥐와 검은 쥐가 등나무 줄기를 쏠아대듯이 낮과 밤이 반복되면서 자꾸자꾸 줄어들어요. 생명줄이 끊어져 가는 거죠. 그리고 우리 몸은 땅의 기운, 물의 기운, 불의 기운, 바람의 기운으로 되어 있는데, 죽으면 다시 그런 것들로 돌아가는 거예요. 우물 바닥에 있던 독룡 네 마리는 바로 이걸 비유한 겁니다. 죽음은 호시탐탐 우리를 노리고 있어요. 또 우물 벽에서 혀를 날름대는 독사는 살면서 가끔 아픈 걸 뜻해요. 세월이 가면서 몸도 삐거덕거리고 병도 들고 그러는 것이죠. 그럼 꿀물은 무엇이냐 하면, 우리가 영원한 행복의 조건인 줄 알고, 욕심내고 매달리는 대상들이에요. 물질적인 부를 구하고, 음식을 구하고, 생명과 명예, 성적인 쾌락을 구하는 욕망, 그런 것들의 즐거움이죠. 조금만 삐끗하면 육신에 병이 들고, 그 육신은 결국 자연으로 흩어지고 말 것인데, 그 맛에 취해서 하얀 쥐와 검은 쥐가 시시각각 생명줄을 갉아먹고 있다는 사실도 망각한 채 살아가는 게 바로 우리네 인생이라는 겁니다. 얼마나 무상합니까? 정신 바짝 차리고 보다 값지게 살아야 해요. 후회하지 않는 삶이어야 합니다. 그동안은 어떠했든 '지금부터라도 잘 살아보자' 이렇게 마음을 다잡을 필요가 있어요.

후회가 꼭 나쁜 것만은 아녜요. 후회를 통해서 배우면 됩니다. 사실 이런 과정을 통해서 발전이 이뤄지는 거예요. 그래서 후회를 하려면 어떤 후회를 해야 하느냐 하면, 자책으로 끝나는 후회를 해선 안 되고, 참회에 의한 후회를 해야 합니다. 자기 행동을 과감하게 수정할 수 있는 후회를 하면, 그는 반드시 성공할 수 있어요. 이런 후회는 오히려 좋은 겁니다. 그런데 대개 보면 후회를 할 때는 아주 심하게 하고, 얼마 못 가서 그냥 잊어버려요. 그러고 또 같은 잘못을 반복하는 경우가 많은데, 이런 후회는 하나 마나 한 거지요.

우리는 어떤 경우에 후회를 할까요? 젊었을 때 하는 후회와 나이 들어서 하는 후회가 다르다고 합니다. 젊었을 때는, 왜 내가 공부를 열심히 하지 않았을까? 왜 더 열심히 일하지 않았을까? 왜 그런 선택을 했을까? 여러 가지 후회가 있을 수 있는데, 어떤 사람은 땅을 사놔야 하는 건데 예금을 했다고 후회하고, 또 어떤 사람은 은행에 넣어야 했는데 땅을 샀다고 후회하기도 해요. 젊어서 하는 후회는 이렇게, 더 많은 돈, 더 빠른 성공을 못해서, 욕심으로 하는 후회가 대부분이에요. 그럼 죽음을 앞둔 사람은 어떤 후회를 할까요?

제가 아는 분 중에, 꽤 큰 회사 회장을 하셨던 분이 있어요. 그 분은 어렸을 때 어머니가 돌아가셨는데, 새엄마하고 갈등이 무척 심했다고 해요. 그래서 견디지 못하고 초등학교 졸업도 하기 전에 서울로 올라와, 남의 집 점원에서부터 시작해서 큰 회사 회장까지 올라갔어요. 남들 보기엔 대단하게 성공한 인생이지만, 본인은 얼마나 고달픈 나날이었겠어요? 제가 처음 만났을 때, 그 분은 폐암 말기 합병증으로 고생하고 계셨는데, 다 죽어가는 상황에서 구인사(救仁寺)를 찾아온 거죠. "내 병만 고쳐주면 시주는 얼마든지 하겠습니다."라고 하시기에 제가 그랬어요. "소원은 돈으로 되는 게 아닙니다. 마음이 중요합니다. 당신이 어떻게 하느냐에 달려 있습니다." 방법을 물으시더군요. "기도하는 거밖엔 없습니다. 업을 짓는 것도 마음이요, 업을 녹이는 것도 마음입니다. 당신이 이렇게 고통받는 것도 어찌 보면 업장 때문이니, 간절하게 매달려 보세요."

그 분은 며칠을 기도하면 되겠냐고 물으셨어요. 기도는 4박 5일이 기본이니까 그 만큼은 해야 한다고 했죠. 병원에서 이제 앞으로 며칠 못 산다고 해서 마지막 방법으로 찾아온 사람에게, 4박 5일 기도를 시켜놓고 사실 은근히 걱정이 되었어요. 그런데 정말 열심히 하시더군요. 한쪽 다리를 절단해서 다른 분이 업고 올라왔는데, 법문 있을 땐 꼭 들으러 오시고, 항상 깨어있으려고 애를 쓰고, 그렇게 기도를 무사히 마치고 아주 기분 좋게 올라가셨어요. 그 후 병세가 많이 호전되었다는 소식을 듣고 저도 안심을 했는데, 어느 날 보살님한테서 전화가 왔어요. 중국으로 치료를 받으러 갔다 오신 다음부터 병세가 악화돼서 병원에 입원해 있는데, 죽기 전에 스님을 만나고싶어 한다고 올라올 수 있냐는 전화였어요. 그래서 만사 제쳐놓고 갔지요. 가보니 숨이 가빠하면서 후회를 하시더군요. "이럴 줄 알았으면 좀 베풀고 가는 건데, 베풀지 못했습니다. 이럴 줄 알았으면 좀 더 잘 해주는 건데, 못한 경우가 너무 많습니다. 돈을 좀 멋지게 쓰고 가는 건데, 그러지 못했습니다." 죽음을 앞둔 사람들이 하는 후회가 주로 이런 거예요. 좀 더 베풀지 못해서, 좀 더 배려하지 못해서, 상대를 좀 더 행복하게 해주지 못해서… 이런 걸 후회해요. 젊어서 하는 후회와 사뭇 다르죠?

사실 대놓고 말은 못 했지만 아직도 기회는 있는데, 지금도 역시 못하고 있을 뿐이죠. 말로는 그렇게 후회를 하면서도, 아직도 재물에 대한 집착을 선뜻 놓지 못하는 거예요. 그래서 복도 방법을 알아야 짓는 거지, 그냥 짓는 게 아니에요. 음식도 먹어본 사람이 잘 먹듯, 뭐든지 평소에 습관을 들여놓지 않으면 실천하기 어려워요. 흔히들 인생을 연극에 비유하잖아요? 우린 배우와 같아요. 새로운 배역을 맡으면 열심히 하고, 역할이 끝나면 나는 무대에서 내려와야 해요. 하지만 그 연극은 계속 진행돼요. 마찬가지로 내가 없어도 그 돈은 누가 써도 써요. 그러니까 '내가 제대로 못 썼는데 어떻게 하나? 이럴 줄 알았으면 좀 멋지게 쓸걸.' 그런 걱정은 할 필요가 없어요. 남이 멋지게 쓸 수도 있잖아요? 그러니까 죽음의 문턱에 와서 후회해봐야 소용없고, 있을 때 잘해야 해요. 공덕을 지을 수 있을 때 짓고 가는 인생을 살라는 말씀입니다.

재물은 쌓는 것보다 활용하는 게 중요해요. 인생은 공수래공수거(空手來空手去)라고 하잖아요. 행위를 남기고 가야지, 물질을 남기려고 애쓰지 마세요. 어리석은 짓이에요. 그렇다고 뭐 재물을 마구 흩으라는 건 아니에요. 자식에게 재산을 물려주려 할 게 아니라 지혜를 물려줘야 하고, 가족 간에도 그저 돈, 돈 하면서 각박하게 살지 말고, 형편에 맞게 정을 나눌 줄 알아야 한다는 말이에요. 아내 생일에 꽃다발 하나라도 사줄 수 있는 남편, 남편 생일에 편지 한 장 쓸 수 있는 아내가 돼보라는 겁니다. 악착

같이 아낀다고 꽃 값 아끼고 편지지 값 아끼고, 그렇게 아낀다고 행복해지는 건 아니에요. 절약은 하되 인색하지 말고, 늘 마음의 여유를 가지고 사람 노릇을 하면서 살아야 해요. 돈을 멋있게 쓸 줄 알아야 해요. 물질의 노예가 되지 말고 주인이 돼야 합니다.

때에 맞는 역할을 못 하면 후회하게 돼있어요. 때에 맞춰 적절한 삶을 살아야 해요. 송나라 때 유명한 유학자 주자(朱子)는, 우리가 인생을 살면서 후회하기 쉬운 열 가지를 말씀하셨어요. 그래서 '이런 후회만큼은 하지마라.'는 교훈인데, 그 첫 번째가 '부모님께 효도하지 않으면 돌아가신 후에 반드시 후회한다.'는 거예요. 지금은 돈 버느라 바쁘다고 '나중에 가지' 하면서, 부모님을 안 찾아뵙는 분들 많아요. 그렇게 자꾸 미루다보면 절대로 부모는 기다려주지 않습니다. 돌아가신 다음에 제사 잘 지내는 게 효도가 아니고, 살아계실 때 그 심정을 헤아려드리는 것, 이게 효도예요. 물론 직장 생활 하고, 자식 키우고… 그런 일상 속에서 쉽지는 않지만, 나름대로 처한 현실에서 부모가 무얼 원하는지 살필 줄 아는 마음이 중요해요. 부모님이 항상 그 모습으로 계신 게 아니에요. 때가 되면 다시는 보지 못할 인연으로, 반드시 멀어져갈 수밖에 없어요. 아무리 아무리 해도 다 할 수 없는 게 효도지만 '적어도 후회만큼은 하지말자.'는 마음으로, 오늘 할 수 있는 건 오늘 해야 합니다.

그리고 어르신들께는 이런 말씀을 드립니다. 자식이 효도를 안 한다고만 하지 말고, 효도하는 길을 터주라고. 자식도 부모를 이해해야 하지만, 부모도 자식을 이해해야 합니다. 자식의 능력을 알고 요구해야 효도하는 자식이 되지, 너무 부모 욕심만 내세우면 자식은 반드시 튕겨져 나가게 돼 있어요. 그리고 효도는 꼭 나이 들어서만 하는 게 아녜요. 어렸을 때부터 습관이 돼야 합니다. 저는 효도의 기본은 유치원에서부터 시작된다고 생각해요. 놀러 보내지만 말고 아이의 소질과 성품을 봐야 해요. 부모에게 칭찬 받고싶지 않은 자식, 웃음 주고싶지 않은 자식이 어디 있겠어요? 문제는 부모가 자식의 심리를 모르고, 교육 방법을 모르는 데서 반항아도 만들어지고 문제아도 만들어지는 거예요. 무조건 예뻐만 할 게 아니라, 선생님과 정보를 공유하면서 아이의 인격 형성에 관심을 기울여야 해요. 어렸을 때 형성되는 심성과 습관이 평생을 좌우합니다.

주자는 또, '가족에게 친하게 대하지 않으면 멀어진 다음에 후회한다.'고 했어요. 가족이라는 구성원으로 산다 해도, 영원히 함께 할 수 있는 건 아녜요. 올망졸망 낳아서 기를 때는 이걸 언제 기르나 싶지만, 학교 때문에 군대 때문에 자식들이 멀어지기 시작하고, 결혼시켜 놓으면 말할 것도 없지요. 돌아보면 참으로 짧은 세월이에요. 가족이 함께 있을 때 친하게 지내야 해요. 거기서 형제애도 만들고 부부애도 만들면서, 그렇게 사세요. '그때 잘 해줄걸.' 하고 후회해봤자, 다 크고 나면 기회가 없어요. 때가 중요합니다. 씨앗도 봄에 뿌려야지 가을에 뿌릴 수는 없잖아요? 때를 놓쳐 후회하는 사람들 많아요. 언제부터 잘해야 되겠다는 건 없어요. 가족에게든 이웃에게든, 그때 할 건 그때 해야 합니다.

부모님을 잘 공경하고
가족을 사랑으로 보살피며
안정되게 생업에 종사하는 것
이것이 최상의 행복이니라.

타인을 배려하여 보시를 행하고
친척들과 잘 화합하며
올바르게 세상을 살아가는 것
이것이 최상의 행복이니라.

–〈축복경(祝福經)〉

친척들도 마찬가지예요. 사실 친척들 관계가 옛날 같진 않죠. 하지만 자꾸 만나고 정을 나눠야 친해지지, 그러지 않으면 멀어져요. 손님 오는 거 귀찮아하는 분들도 있죠? 그러면 안 됩니다. 사람 집에 사람 오는 게 복이에요. 대접하기 힘들고 애들이 어질러 놓으면 청소하기 귀찮다고 그러는데, 문 닫아 놓고 살면 그게 어디 사람 사는 겁니까? 마음이 오고 가는 게 사람 사는 거예요. 그런 걸 싫어하면 복도 떨어져요. 생각이 중요합니다. 설거지를 해도 '이 귀찮은 걸 꼭 해야 하나?' 그러지 말고, '이건 운동이다. 당뇨도 예방되고 심장도 좋아진다.'라고 생각해보세요. 행복하게 할 수 있어요. 의식 전환이 필요해요. 집에 손님이 없으면 빈둥빈둥할 텐데, 눈치 보여서 부지런하니까 '이게 보약이다.' 생각하세요. 귀찮을 정도로 움직이세요.

친척들한테 자주 전화해서 놀러오라고 하세요. 나를 자꾸 세일하세요. 내 능력을 세일하고, 내 움직임을 세일하고, 상대방을 위해서 나를 내놓을 수 있는 인생을 사세요. 그러면 행복해지고, 덕 있는 사람이 됩니다. 상대를 위해서 희생하되 희생한다는 생각 없이, 그냥 베풀고 나누는 걸 즐겨보세요. 얻으려고 하지 마세요. 얻으려 하면 마음이 무거워집니다. 베풀고 행하다 보면 저절로 얻어지게 돼 있어요. 얻으려는 마음에서 얻어지면 본전이지만, 기대도 안 했는데 얻어지면 무척 기쁘잖아요. 이게 행복의 지혜입니다. 그래서 일가친척의 관계도, 덕을 보려 말고 오직 베풀려는 생각으로 나를 희생하다보면, 다 함께 행복한 좋은 관계가 이뤄집니다. 편하게만 살려고 오는 걸 싫어하고, 그저 나만 잘 살겠다는 생각을 하면 행복은 오히려 점점 더 멀어져요.

금잔디 동산
90.9×72.7cm
캔버스에 아크릴 물감

너무 쉽게 열매를 따려는 욕심으로 세상을 보지 마세요. 인생이라는 게 어떤 건지 잘 생각해보면 답이 나와요. 내가 열매를 따려 하지 말고 상대에게 열매를 주려는 마음으로 살아보세요. 물은 있으니까 '자기가 알아서 떠먹으면 되지.' 이러고 있으면 복이 안 돼요. 흘러가는 물도 떠줘야 공덕이에요. 떠주는 그 손길에는 마음이 들어있기 때문이에요. 공덕은 이런 겁니다. 어려운 것도 아니고 멀리 있는 것도 아녜요.

가족이 뭐라고 생각하세요? 희생이 없으면 가족이 있을 수 없어요. 남편과 아내, 그리고 부모와 자식은 희생하는 마음으로 이루어진 인연이에요. 그러나 그 가족이라는 틀에 너무 얽매이지 마세요. 나의 생존을 있게 하고 돕는 사람이 부모라면 이 세상에 부모 아닌 존재가 없고, 나와 인연이 된 사람이 친척이라면 이 세상에 친척 아닌 존재가 없어요. 우주 법계 모든 존재를 다 내 가족이요 친척으로 보는 마음은 부처님 마음이고, 그저 내 자식, 내 가족만 챙기는 건 중생의 마음이에요. 부처님 마음은 행복의 길이요, 중생의 마음은 고통의 길이에요. 좁게 보지 말고 넓게 넓게 보세요. 움켜쥐려고만 말고 베풀고 나누세요. 기꺼이 남을 위해 희생할 줄 아는 마음, 이것이야말로 후회 없는 인생, 행복한 인생의 비결입니다.

오직 오늘 마땅히 할 바를 열심히 하라.

그 누가 내일의 죽음을 알랴.

참으로 저 죽음의 대군과 마주치지 않을 수는 없도다.

능히 이렇게 아는 자는 마음을 다하여

밤낮 없이 게으르지 않고 실천하나니.

이러한 자를 현명한 자라 하고,

또한 마음을 평정한 자라 하느니라.

-〈아함경(阿含經)〉

붉은 꽃
53×45.5cm
캔버스에 혼합 재료

바가지도 감동이다

천당에 가지 말라 막지 않아도 가는 이 적은 것은
탐진치(貪瞋癡) 번뇌로써 집과 재산을 삼기 때문이요,
지옥으로 오라고 꼬시지 않아도 가는 이 많은 것은
온갖 탐욕을 좇아 귀히 여기기 때문이니라.

-원효대사(元曉大師)

얼마 전에 느닷없이 이런 질문을 받았어요. “스님은 왜 사시나요?” 정말 우린 왜 살까요? 이런 질문을 받으면 참으로 할 말이 없습니다. 그래서 제가 그분께 물었어요. “그런 건 왜 궁금하신데요?” 그랬더니, 너무 힘들다는 겁니다. “괴로워 죽겠습니다. 너무너무 힘든데 왜 이런지 모르겠어요.” 아마도 그분은 제가 멋진 답을 알고 있을 거라는 생각으로 질문을 하셨겠지만, 과연 왜 사는지 알고 살아가는 사람이 있기나 할까요? 우리는 스스로에게, 왜 사느냐 물을 게 아니라 ‘어떻게 살 것인가?’를 물어야 합니다.

‘산은 산이요, 물은 물’이라는 말 들어보셨지요? 흔히 성철(性徹) 스님 말씀으로 알려져 있지만, 사실은 부처님 말씀이에요. 이 말이 무슨 뜻인가 하면, 욕심으로 세상을 보지 말고, 있는 그대로 참모습을 보라는 거예요. 거기에는 괴로움이 없습니다. 스스로 그러한 자연처럼, 스스로 그러한 삶을 살아야 해요. 우리가 괴로운 건 자연을 역행하려는 욕심 때문이에요. 자기 공덕만큼 바라고 그걸 인정하면 되는데, 그 이상을 바라니까 괴로운 거예요. ‘왜 그럴까?’라는 생각은 하지도 마세요. 왜 그렇긴 왜 그래요. 그럴만한 인연을 지었으니 그런 거죠. 받아들여야 해요. 어떤 상황이든 긍정적인 마음으로 턱 받아들일 줄 알아야 합니다. 이것이 지혜입니다. '나는 왜 이럴까?' 이런 생각을 하면 원망만 늘어요. 그러나 내가 지어서 내가 받는 것일 뿐, 누구를 탓할 게 없어요. 오늘 내 모습은 과거의 열매이고, 지금 나의 행(行)은 미래의 씨앗입니다. 내 인생의 키를 누군가 다른 존재가 잡고 있을까요? 아니에요. 그 어떤 신도 아니고, 부처님도 아니고, 운명도 아니고 나 스스로가 방향키를 잡고 있어요.

우리는 누구나 행복을 바랍니다. 그래서 권력과 명예, 물질적인 부, 건강한 생명을 얻고싶어 해요. 사실 인류의 역사도 이런 걸 얻고싶은 욕망의 과정이라 해도 과언이 아니에요. 그러나 아직도 우리는 '행복'이라는 단어를 완성하지 못하고 있어요. 왜 그럴까요? 권력을 가지면 행복할 거 같지만 그 행복이 영원하지 못하고, 명예를 얻고싶어 안달하지만 그것도 영원하지 못해요. 물질적인 풍요야말로 행복의 정답 같지만, 그 또한 영원하다고 말하는 사람은 아무도 없어요.

그렇기 때문에 무조건적인 노력은 진정한 노력이 아녜요. 지혜가 필요합니다. 학생이 공부를 해도 방법이 있잖아요? 방법을 알고 하면 적은 노력으로도 큰 걸 얻을 수 있지만, 방법을 모르면 많은 노력을 해도 적게 얻을 수밖에 없어요. 그래서 스승이 필요

합니다. 부처님께선 누구나 행복할 수 있는 길을 가르쳐주셨는데, 그 첫째로 '도덕적인 생활을 하라.'고 하셨어요. 이것을 '계(戒)를 지킨다'라고 해요. 계를 지키면 편안하고, 계를 지키면 현재의 삶도 행복하고 미래의 삶도 행복할 수 있어요.

그럼 이 도덕적인 생활, 계에는 어떤 내용이 있을까요? 가장 중요한 건, 살생을 하지 말라는 것이에요. 이 말은 다른 생명을 함부로 죽이지 말라는 겁니다. 모든 생명을 귀하게 여길 줄 알아야 해요. 내 생명이 소중한 만큼 다른 생명을 존중하면 그도 나에게 고마워하고, 이것이 복의 씨앗이 됩니다. 나의 편안함만 찾지 말고 상대의 편안함을 배려해야 합니다. 역지사지(易地思之)라는 말 들어보셨지요? 상대를 생각할 줄 아는 마음, 한낱 미물이라도 가벼이 하지 않는 마음이 중요해요. 그래서 불살생뿐 아니라 방생을 해야 합니다.

방생은 어려운 게 아니에요. 상대방 마음을 아프지 않게 하는 게 방생입니다. 그런데 누가 조금만 서운하게 해도, 그걸 되갚아주고 싶은 심보가 있어요. 그것도 받은 것만큼 갚는 게 아니라, 그 이상 갚고 싶어해요. 하지만 참으세요. 지옥으로 가는 길이에요. 또 미운 사람이 안되면 좋아하는 사람도 있죠? '그거 봐라. 나한테 그러더니 벌 받았다. 고소하다.' 남의 불행을 내 행복으로 여기는 사람만큼 어리석은 사람은 없어요. 항상 모든 존재를 측은하게 여길 줄 아는 마음을 내야 합니다. 남의 불행을 내 불행처럼 여길 줄 아는 마음이 부처님 마음이에요. 좀 서운한 일이 있다고 '내 눈에 흙이 들어가기 전엔 못 잊는다.'고 이 갈고 있어봤자 저만 손해지, 상대방은 알지도 못해요. 그러니까 미움이나 원망일랑 바람에 날려 버리고 이왕이면 이해하고 용서하는, 긍정적인 마음으로 살아가세요.

이렇게 좋은 생각으로 살면 몸도 건강해져요. 마음을 긍정적으로 쓰고 행복하게 생활하면 우리 몸에 면역 기능이 좋아져서, 웬만한 바이러스쯤은 거뜬하게 퇴치할 수 있는 힘이 생긴다고 해요. 몸과 마음은 결코 둘이 아닙니다. 우리 몸은 마음이라는 보석을 담는 귀중한 그릇이에요. 마음이 청정하고 향기로우면 몸도 보배로운 그릇이 되지만, 악취가 풀풀 나는 생각만 자꾸 담으면 엉망이 되는 거예요. 이도 빠지고 찌그러져, 감당 못 하는 그릇이 되고말아요. 이것이 고통입니다.

그럼 긍정적인 생각은 어디에서 비롯되는 걸까요? 그건 너와 내가 분리된 존재가 아니라, 일체 모든 존재가 나와 한 몸이라는 걸 꿰뚫어 아는 지혜에서 나옵니다. 우리는 결코 고립적으로는 살 수 없어요. 누군가의 희생과 도움이 필요합니다. 그렇기 때문에 이 세상에 그 어떤 사람도 감사하지 않은 사람이 없고, 그 어떤 것도 감사하지 않은 존재가 없는 거예요. 그러나 감사는커녕 내가 희생한 것만 주장하고 집착하면 갈등을 피할 수 없어요.

지옥과 극락의 차이가 뭔지 아세요? 다 똑같은데 딱 한 가지 다른 게 있어요. 거기 살고 있는 존재들 마음이 달라요. 지옥이라는 곳은 상대방을 비난하고 원망하고, 자기 이익만 쫓느라 혈안이 돼있는 곳이지만, 극락은 배려와 감사를 기쁨으로 여기고 서로 나누는 곳이에요. 그럼 우리가 살고 있는 이 세상은 어떤 곳일까요? 극락과 지옥을 적당히 섞어놓은 동네가 여기에요. 자세히 보면 누가 극락 갈 사람인지, 지옥 갈 사람인지 다 보여요. 그저 기회만 있으면 상대방을 위하고, 그걸 행복으로 여기는 사람들이 있어요. 본인은 비록 끼니를 굶는 한이 있어도, 남 배고픈 건 못 보는 사람이 있어요. 이 분들은 극락 갈 사람이에요. 그런데 먹을 것만 생기면 썩어도 뒤로 감추고 안 내놓는 사람이 있어요. 나눌 수 없는 조건이라면 말도 안 해요. 그리고 자기가 못쓰게 된 걸 버리듯 줘놓고, 엄청나게 베풀기라도 한 것처럼 빼기는 사람도 있어요. 이런 사람은 어디로 가겠어요? 지옥 가는 연습을 하고 있는 겁니다. 이렇게 우리는 하루하루 미래를 만들어가고 있어요. 지옥도 아니고 극락도 아닌 이 세상에서, 우리는 선택의 기로에 놓여 있어요. 마음 하나 어떻게 쓰느냐에 따라 순간순간 지옥과 극락이 엇갈리고 있음을 알아야 해요.

지옥 가는 사람이 많을까요? 아니면 극락 가는 사람이 많을까요? 잘은 몰라도 지옥 가는 사람이 더 많다고 합니다. 왜 그럴까요? 지옥으로 가자고 꼬이는 사람이 없어도 지옥 가는 사람이 많은 건, 욕심 때문이에요. 욕심을 버리세요. 과감하게 버려야 합니다. 사실 알고 보면, 내 것이라 해도 내 것이 아니에요. 이 세상 모든 것은 잠시 사용하다 갈 뿐이지, 영원히 내 것으로 할 수 있는 건 아무것도 없어요. 그래서 상월원각(上月圓覺) 대조사님께서도 "이 세상에 내 것이 어디 있나? 사용하다 버리고 갈 뿐."이라고 하신 겁니다. 저도 나그네요, 여러분도 나그네입니다. 그냥 왔다가 그냥 가는 것이지, 무얼 가지고 가는 게 아니에요. 등기부에 아무리 수백 억 올려놔봐야, 조금이라도 가져가는 사람 하나도 못 봤어요. 하루 세 끼 밥 먹는 건 재벌이나 저나 같아요. 그들은 좀 좋은 거 먹고 저는 좀 덜한 거 먹겠지요. 그런데 좋은 거 먹고 나쁜 냄새 풍기는 사람도 많아요. 세상에 향기를 전하는 사람이 돼야지, 악취를 전하는 사람은 되지 말아야 합니다. 우리는 가난합니까? 가난할 이유가 하나도 없어요. 수십 억 수백 억 가지고 있다가 잃어버리니까 자살하지, 땟거리 없어서 죽는 사람은 못 봤어요. 마음이 중요해요. 그래서 '소욕지족(少欲知足)'이라는 말도 있잖아요. 현재에 만족할 줄 아는 게 행복의 기본이에요.

지옥과 극락이 평상시에는 조용하다고 합니다. 그러다가 뭐 먹을 게 생기면, 이익을 취할 기회가 생기면 확연히 달라져요. 언젠가 TV에서 '동물의 왕국'을 보았는데, 들개들이 먹을 게 없을 때는 안 싸우더군요. 다들 배고파서 너부러져 있어요. "너 배고프지? 나도 배고파." 그러면서 다들 쳐다보고만 있어요. 고요와 평화가 있죠. 그런데 거기 먹을 게 생기면, 먹을 건 내버려두고 서로 물고 뜯고 이를 갈며 싸워요. 저는 그걸 보면서 '아, 저게 지옥이구나.' 생각했어요. 지옥에는 식사 시간이 되면 상대방 먹으라고 주는 사람이 하나도 없대요. 서로 자기만 먹으려 하고, 상대가 먹으면 뺏고 싸워요. 하지만 극락은 안 그래요. 식사 시간이 되면 저 먼저 먹으려는 사람이 없어요. 서로 상대방 주려고 애쓰는 곳이 극락이에요. 좀 애들 동화 같은가요? 깊이 생각해서 좋은 약으로 써야 합니다.

그리고 베풀고 나누려면 당장 해야 합니다. 대개 이다음에 부자 되면 나누겠다고 해요. 그러나 상대방이 기다려주지 않아요. 부모님께도 '제가 돈 벌면 효도할게요.'라고 말하지만, 돈 벌고 나면 부모님은 안 계세요. 가슴을 치며 통곡한들 이미 늦었어요. 마음 아픈 일들이 많습니다. 지금 있는 만큼 나누면 돼요. 어떻게 하면 될까요? 수입이 많고 적고 따지지 말고, 일정 부분을 할애하는 방식으로 하면 돼요. 월급이 100만원이라도 이 만큼은 부모를 위해서, 이 만큼은 사회를 위해서, 또 진리를 위해서, 생계를 위해서, 미래를 위해서 나누어 사용할 줄 아는 지혜가 필요해요. 비록 적은 거라도, 오늘 지을 수 있는 공덕은 오늘 지으세요. 내일로 미루지 마세요. 농사지을 때 파종은 봄에 해야지, 때를 놓치면 아무런 가치가 없어요. 인생도 마찬가지입니다.

좀 길게 얘기했지만 이런 게 방생이에요. 너와 내가 한 몸임을 바로 알아 욕심을 버리고, 감사하는 마음으로 베풀고 나누어 편안하게 해주는 겁니다. 그러니까 멀리 갈 필요 없어요. 방생은 가정에서도 얼마든지 할 수 있어요. 제가 아는 어떤 분은 옛날에 불 때어서 밥할 때 겨울이나 여름이나, 특히 겨울철에는 매일 아침 남편이 먼저 일어나서 물을 끓였어요. 아내가 나와서 쌀을 씻고 밥을 지을 때 편하게 해주려고, 평생을 그렇게 하셨어요. 그런데 어떤 남편은 군불은커녕 밥 다 됐다고 고래고래 소리를 질러야 겨우 일어나는 사람도 있죠? 겉으로는 남편이지만 속으로는 원수가 될 수밖에 없어요. 그러나 측은해하는 마음으로, '연약한 아내가 추위에 떠는 것보다는, 내가 먼저 불을 지펴 따뜻하게 해놓자.' 아내가 그 물에 쌀을 씻을 수 있도록 해주는 남편의 배려, 이게 행복이지 무엇이겠어요?

요즘 술 때문에 싸우는 집들이 많다고 하더군요. 그러나 남편이 꼭 술을 맛으로 먹는 게 아니에요. 사회생활 하다보면, 그게 독인 줄 알면서도 먹는 겁니다. 그런 남편을 불쌍하게 보기는커녕, 먹지 말라고 했는데 또 먹었다고 '어디 속이 아플 대로 아파봐라.' 긁어대면 이건 살생이에요. 꼭 무얼 죽여야만 살생이 아니라, 남의 마음을 아프게 하는 것도 살생입니다. '식구들 먹여 살리느라 얼마나 고생이냐?' 측은한 마음으로 열 번이고 백 번이고 해장국을 끓여댈 수 있다면, 이 마음은 완벽한 방생입니다. 그리고 남편도, 바가지 긁는 아내에게 짜증만 낼 게 아니라, 잘 생각해보세요. '왜일까? 왜 저렇게 질겁을 하고 싫어할까? 내 몸 상할까 저러는구나.' 하고 그 바가지를 감동으로 받아들여 보세요. 이렇게 바라보면 세상에 감동 아닌 게 없어요. 모든 게 감동이죠.

그런데 반대로 한 생각 뒤집히면, 감동은 없어지고 갈등만 생겨요. 감동으로 가득한 가정은 극락이지만, 갈등으로 살벌한 가정은 지옥이에요. 극락으로 갈 것이냐 지옥으로 갈 것이냐가 이렇게 말 한 마디, 생각 하나에 달려 있어요. 우리는 순간순간 선택을 합니다. 그래서 다른 생명을 해치지 않음은 물론이고, 항상 입장을 바꿔 생각해보고 측은한 마음, 연민의 마음으로 상대방을 도와주는 방생을 해야 해요. 이것이 행복의 길입니다.

그리고 계에서 또 중요한 건, 도둑질하지 말라는 것이에요. 남의 집에 들어가서 훔치는 것만 도둑질이 아니라, 주지 않는 재물을 탐하는 건 다 도둑질이에요. 가끔 보면 부동산을 편법으로 어떻게 해가지고 떼돈을 벌려다가, 인사 청문회 나와서 쩔쩔매는 사람들 있잖아요? 사실 그것도 도둑질이에요. 언젠가 청문회 나온 사람이 그러더군요. "내가 이런 자리에 올 줄 알았으면 그 땅을 안 사는 건데, 여기까지 올 줄 몰랐다."고. 정말 가슴에 와 닿는 말이에요. 마찬가지로, 아무 생각 없이 살다 죽었는데 딱 죽고 보니까, 지옥도 있고 극락도 있어요. "아유, 이런 줄 알았으면 잘 사는 건데…." 그래봤자 늦었죠. 있을 때 잘하세요. 힘 있을 때 잘해야 해요. 내 맘대로 쓸 수 있을 때 잘해야 합니다. 살아도 살아있는 게 아닌 나이가 곧 와요. 내 재산도 내 맘대로 못 해요. 내가 판단할 수 있고 내 맘대로 할 수 있을 때, 바른 길을 선택해서 움직일 줄 아는 지혜로운 사람이 돼야 해요.

남의 걸 탐하는 욕심은 고통을 부릅니다. 성실히 노력해서 얻는 거야 누가 뭐라겠어요? 아무리 많이 가져도 욕할 사람 없어요. 그러나 힘 안 들이고 가지려니까 문제예요. 가끔 보면 돈이 엄청나게 많은 분들이 안 좋은 일로 뉴스에 나오고 그러는데, 돈이 없어 그러겠어요? 수백 억 수천 억이 있어도 만족을 모르는 어리석음 때문이지요. 무슨 짓을 해서라도 재산을 늘리고 싶은 욕심. 그런 욕심에 휘둘리지 마세요. 극락 가는 데 아무런 도움이 안 돼요. 왜 그런 고통을 자초합니까? 이 시대는 너무나도 갈망의 시대, 갈애(渴愛)의 시대입니다. 서로가 서로를 끌어내리려 애를 쓰고 있어요. 그러나 세상 사람 모두가 그렇게 산다 해도, 나는 말아야 해요. 고통의 길이라면 결단코 피해야 합니다.

모두들 출세하고싶어 하고, 부자되고 싶어 해요. 그러나 억지로 되는 게 아니에요. 그냥 마음 탁 비우고, 내가 할 수 있는 거 열심히 하다보면 복은 저절로 오게 돼있어요. '존경받는 사람이 되겠다.'라는 욕심을 부리면 위선밖에 안 돼요. 그저 성인들 가르침대로 바르게 사는 것 자체가 존경이에요. 누구한테 보여줌이 아니라, 진실한 마음에서 우러나오는 행이 있다면, 존경은 저절로 따르는 겁니다. 마찬가지로, '부자가 되겠다'보다는 그냥 열심히 살다보면 부자가 되는 건데, 부자에 집착하면 자꾸 이상한 짓을 하게 돼요. 욕심에 눈이 멀어 화를 자초해요. 행복하려고 돈을 버는 건데, 돈을 위해서 행복을 희생하는 어리석음에 빠지면 안 됩니다.

이런 이야기는 삼척동자도 다 아는 말이지만, 생활에서 실천하기란 참으로 어려워요. 그래서 자꾸 들어야 합니다. 법문도 뻔한 소리라고 지루하다는 분들이 있어요. 하지만 정말 뻔한 소리일까요? 같은 소리라도 어제와 오늘, 그 느낌이 달라요. 노래도 그렇잖아요? 어디서 누구와 듣느냐에 따라 다르게 들립니다. 인생의 지혜도 마찬가지예요. 들다보면 마음에 걸리는 부분이 보이고, 그런 걸 고쳐가는 게 마음공부입니다. 그래서 같은 말이라도 자꾸 들어야 해요. 행복은 노력하는 자에게 주어지는 선물이지, 어쩌다 만나는 요행은 아니거든요.

하늘에서 보물이 비처럼 쏟아져도
욕심 많은 사람은 만족을 모른다.
욕심은 괴로움만 줄 뿐, 즐거움은 없나니
황금이 태산처럼 쌓여도 무엇으로 만족할까?

–〈중아함경(中阿含經)〉

밤꽃마을
100×55.1cm
캔버스에 아크릴 물감

속아주는 즐거움

전쟁에서 수천의 적과
혼자 싸워서 이기는 것보다
자기 자신을 이기는 것이
전사 중에 최고의 전사이다.

–〈법구경(法句經)〉

순간순간 즐거울 수 있는 기회를 놓치지 마세요. 그래야 미래도 밝아지고 극락도 갈 수 있어요. 즐거움이 곧 행복입니다. 집에서 새는 바가지는 나가도 새는 법이에요. 오늘 행복하지 않은 사람이 어떻게 내일 행복할 수 있으며, 더군다나 죽어서 행복할 수 있겠어요? 세상을 긍정적인 마음으로 살아가는 사람이 있는가 하면, 부정적인 마음으로 살아가는 사람도 있어요. 긍정적인 사람은 행복해요. 현실을 부정하지 않는 사람은 내일의 희망도 잃지 않고 살아갑니다. '내일은 망할 거야. 망할 거야.'라는 생각으로 사는 사람은 불행해요. 아무리 힘들어도 '내일은 분명 오늘보다 나을 거야.'라는 생각으로 살면 미래가 행복할 수 있습니다. 그런 마음을 기르는 좋은 방법이 있어요. 이 사람 저 사람, 만나는 사람마다 칭찬을 해보세요. 상대방의 허물은 덮어두고 장점을 찾아보는 거예요. 점점 더 긍정적인 눈으로 세상을 볼 수 있습니다. 이제까지야 어떻게 살았든 오늘부터라도 마음을 바꿔서 이렇게 살면, 당장 행복해짐은 물론 극락도 갈 수 있어요. 별로 어려운 일이 아녜요.

행복해질 수 있는 가장 근본은 믿음입니다. 그렇다고 무슨 절대자에 대한 믿음을 말하는 게 아니라, 삶의 현실에서 사람들을 믿으라는 것이에요. 남편을 믿어야 하고, 아내를 믿어야 하고, 자식을 믿어야 하고, 형제와 이웃, 그리고 친구를 믿어야 해요. 믿음이 있는 사람은 행복합니다. 그러나 믿지 못하고 불안해하는 사람들이 너무 많아요. 그런 사람은 얼굴만 봐도 금방 알 수 있어요. 제가 관상은 못 보지만, 딱 보면 그 사람이 극락으로 갈 건지, 지옥으로 갈 건지, 알 수 있을 거 같아요. 마음이 표정에 고스란히 드러나기 때문이지요.

믿지 않으면 아무것도 할 수 없습니다. 농부가 믿음이 없으면, 봄이 와도 파종을 할 수 없어요. 씨앗을 심으면 싹이 나온다는 믿음, 꽃이 핀다는 믿음, 가을엔 그보다 훨씬 많은 결실이 있을 거라는 믿음이 있기에 땀 흘려 농사를 짓는 것이지, 그런 믿음이 없으면 한 알의 씨앗도 심을 수 없어요. 모든 생활이 다 그렇습니다. 논리적으로 믿음을 정립하지 않을 뿐, 이 세상은 믿음으로 존재하고 있어요. 남편이 나를 사랑해준다는 믿음이 있으니까 이혼을 안 하고 사는 것이고, 아내가 사랑해준다는 믿음이 있으니까 안심하고 밥을 먹는 것이지, '혹시 이상한 거 넣지 않았을까?' 의심한다면 어떻게 그 밥을 먹을 수 있겠어요?

의심하기 시작하면 불행도 시작돼요. 가끔 신경쇠약 증세로 괴로워하는 분들을 봅니다. 상대는 별 문제가 없는데도 불구하고 의심하는 마음에 사로잡혀 믿지 못하고 불안해하는데, 그 고통은 상상을 초월하더군요. 스스로를 해치고 있는 겁니다. 그것이 지옥이에요. 지옥이 따로 있는 게 아니라, 끊임없는 고통이 바로 지옥입니다. 이렇게 현실에서의 믿음 여부에 따라 지옥과 극락이 갈리고 있는데, 어느 길로 갈 것이냐는 오직 나의 선택에 달려 있어요.

잘 믿는다는 것은 어떻게 보면, 잘 속는다는 것도 될 수 있어요. 부처님은 모든 중생을 다 믿어주시는 분이에요. 추호의 의심도 없이 보시는 분이에요. 부처님 당시 수많은 제자들이 모두 훌륭한 사람들만 있었던 건 아니에요. 부처님을 시기하고 질투해서, 음해하고 곤욕에 빠뜨리려던 제자들도 있었어요. 하지만 부처님은 그들을 결코 의심하지 않으셨어요. 상대를 의심하지 않으려면 본인 스스로가 정직하고 당당해야 하고, 상대를 의심하지 않으면 더욱 자신 있게 살아갈 수 있어요. 부처님은 어떤 상황에서도 그들을 믿어줌으로써 이 세상에서 가장 편안한 존재, 가장 행복한 존재가 되셨어요. 사실 알고 보면 속을 수 있다는 건 행복한 겁니다. 무언가 가진 게 있으니까 속을 수 있지, 가진 게 없으면 어떻게 속을 수 있겠어요? 내게 필요한 게 없다면, 아무도 나를 속이려들지도 않을 겁니다. 이 또한 베풂이라 할 수도 있어요. 그래서 잘 생각해보면, 속아주는 건 결코 억울하거나 손해가 아니라는 걸 알게 됩니다. 부처님은 이론에 그치는 가르침이 아니라, 행동으로 실천하는 가르침을 보여주셨어요. 그 행동을 따라가면 우리도 행복할 수 있어요. 배우고 실천해보세요. 속는 걸 배우는 겁니다. 믿음을 배워보는 거예요.

남편이 바람을 피워서 괴롭다고 하지만, 꼭 그래서 괴로운 건 아니에요. 그 사실을 바라보는 내 마음을 한번 살펴보세요. 그 원인을 그저 겉으로 드러난 부분에서만 찾으려하니까 원망이 쌓이고 갈등이 커지는 겁니다. 어떤 문제가 생겼을 때, 보다 깊은 부분에서 원인을 찾아볼 필요가 있어요. 화를 내고 괴로워만 할 게 아니라, 왜 그렇게 되었나를 곰곰이 생각해보세요. 대개 남자가 변했다고만 생각해요. 결혼하기 전에 잘 해주던 꿈만 꾸고 있어요. '별도 따주고 달도 따준다면서 따주는 시늉이라도 하더니, 이제는 나 알기를 우습게 안다.'고 섭섭해해요. 그러나 상대만 변한 게 아니라 나도 변했어요. 그 생각은 전혀 안 해요. 결혼하기 전에는 온통 상대에게만 모든 마음이 갔지만, 이제는 아이도 돌봐야 하고, 부모도 모셔야 하고, 이웃도 챙겨야 하고… 할 일이 얼마나 많습니까? 아내도 자연히 관심이 줄어들 수밖에 없어요. 서로가 이런 걸 이해해주면 한결 원만할 텐데, 그게 안 되니까 여러 가지 갈등이 생기는 거예요. 남편의 본마음은 예나 지금이나 한결같은 사랑 그대로인데, 다만 표면적인 것들만 변했다고 생각하면 그 행동이 이해되기 시작해요. 내 아내의 마음은 여전히 그대로인데, 환경이 변했기 때문에 그럴 수밖에 없다고 생각하면 모든 걸 이해할 수 있어요.

저에게 상담을 청하는 사람들은 대부분 자기가 억울하다고 생각하는 사람이지, 그렇지 않은 사람은 안 와요. '나는 정당한데 상대가 틀렸다.'는 말을 주로 합니다. 그런데 들어주다 보면 답이 보여요. 얼마나 속상하겠어요? 헤어지고도 싶겠죠? 그러나 여러 인생을 보면, 쓰레기차 피하려다가 더 심한 꼴을 당하는 격으로, 오히려 상황이 나빠지는 경우도 많더군요. 감정대로 하다가 나중에 후회하지 말고, 되도록이면 좀 참고 마음을 추스르는 게 좋지 않겠어요? 상대방 마음을 잘 헤아려보면, 그도 뭔가 불편한 게 있었기 때문에 그런 마음이 일어났을 거예요.

믿음이 없는 사람은 건물에도 못 들어가요. 무너질까 두렵기 때문이죠. 어떤 사람은 자동차를 못 탄다고 합니다. 사고가 날까 봐 두려운 거예요. 그래서 항상 걸어만 다녔는데 나중에 보니까 뜻밖에도 차에 치어 다쳤다는 이야기도 있더군요. 믿음은 대단히 중요해요. 우리가 대중교통을 이용하면서 자동차를 탄다는 것은, 그 운전자의 능력을 믿고 정비사의 실력을 믿는 거예요. 그리고 내 생명을 맡기는 겁니다. 그렇게 성도 모르고 이름도 모르는 사람은 굳게 믿고 자기 생명까지 맡기면서, 평생을 함께 살

자고 철석같이 약속한 사람을 믿지 못한다면, 이 얼마나 불행한 삶입니까? 정작 믿어야 할 내 남편 내 아내를 믿지 못하고, 형제를 믿지 못한다면 그 삶은 고통일 수밖에 없어요. 이 세상이 믿고 살 수밖에 없는 구조라면, 내가 먼저 당당하게 믿어주세요. 그리고 물론 스스로의 행동을 점검해보고, 상대가 나를 믿게끔 행동하는 노력도 필요합니다. 닥쳐온 괴로움을 임기응변식으로 해결하려 하지 말고, 그 인연을 깊이 살펴 대응하면 완전한 해결이 될 수 있고, 같은 고통을 두 번 다시 반복하지 않아도 돼요.

믿음 중에 가장 중요한 믿음은 무엇일까요? 우리 마음에 부처의 성품이 있음을 믿는 거예요. 나의 마음과 부처님 마음이 다르지 않다는 믿음, 내가 곧 부처라는 믿음이에요. 마음에서 믿음도 만들어지고, 마음에서 행복도 만들어지고 불행도 만들어져요. 그래서 모든 가르침은 이 마음이라는 한 부분으로 귀결되는 것이고, '마음이 곧 부처'라고 하는 것이에요. 스스로가 무한한 가능성을 지닌 존재임을 잊지마세요.

그리고 믿기만 해선 안 돼요. 믿음 못지않게 중요한 건 이해하는 겁니다. 마음의 여러 현상이 어떻게 작용하는지, 몸의 근본은 무엇인지, 그 이치를 알아야 해요. 부처님에 대한 맹목적인 믿음이 아니라, 그 가르침이 무언지 정확히 알아야 합니다. 내 마음에 불성이 있다는 것은 믿지만, 그걸 어떻게 찾아내고 드러낼 것인지 분석해낼 수 있는 이해가 필요해요.

농사를 짓는 것도 제대로 알고 지어야 합니다. 남이 하는 대로만 해서는 소출이 크지 않아요. 어리석은 사람은 무조건 땅에다 씨 뿌리고 물만 주면 되는 걸로 알지만, 지혜로운 사람은 안 그래요. 그 땅의 특성을 파악하고, 작물이 필요로 하는 영양분은 어떤 건지, 비료는 어떤 걸 줘야 하는지, 퇴비는 얼마나 써야 하는지, 물은 얼마나 줘야 적당한지, 이런 걸 다 바르게 알아서 농사를 짓는 사람은 결실이 풍요로워요. 그냥 힘만 들인다고 되는 게 아녜요. 어리석은 사람은 엄청나게 땀 흘리고 애는 쓰지만 가을에 결실은 없어요. 우리가 행복을 찾아가는 것도 마찬가지예요. 무턱대고 남들 하는 대로 따라 할 게 아니라, 올바른 방법을 알고 해야 합니다. 여기에 크게 두 가지 방법이 있어요. 하나는 마음을 닦는 것이고, 또 하나는 복을 짓는 것이에요. 물론 마음을 청정히 비우고 닦아가는 수행이 중요하지만, 그것만으로는 부족해요. 베풀고 나누면서 복을 지어야 해요. 이 두 가지를 함께해야 해요. 그래서 내가 하는 행위가 복을 짓는 것인지, 마음을 닦는 것인지 정확히 알고 해야 합니다.

베풀고 나누는 것도 제대로 알고 해야 복이 되지, 무조건 주기만 한다고 좋은 건 아니에요. 참된 베풂이 되려면 세 가지가 깨끗해야 해요. 우선 베푸는 사람이 깨끗해야 하고, 베푸는 물건이 깨끗해야 하며, 받는 사람이 깨끗해야 합니다. 베푸는 사람이 깨끗해야 한다는 말은, 어떤 불순한 생각으로 주거나 대가를 바라는 마음으로 주지 않고, 순수한 마음으로 준다는 뜻이에요. 물건이 깨끗해야 한다는 말은, 훔쳐서 얻거나 사기를 쳐서 얻은 물건처럼 부정한 것이 아니어야 하고, 해로운 게 아니어야 한다는 뜻이에요. 그런 걸로 아무리 많이 베푼들 무슨 공덕이 되겠어요? 그런 것을 부처님께 공양 올린다고, 그게 무슨 정성이 되겠어요? 오히려 죄업만 늘어날 뿐입니다. 그리고 받는 사람이 깨끗해야 한다는 말은, 받은 것을 좋은 곳에 값지게 사용해야 한다는 뜻이에요. 그러니까 누구에게 줄 때도 그것이 어디에 어떻게 사용될 것인지 잘 살펴서 베풀어야지, 잘못하면 오히려 나쁜 일을 돕는 결과가 될 수도 있으니 조심해야 합니다. 지혜로운 농부는 씨앗 하나를 심더라도 정신을 똑바로 차려서 밭을 선택하는 법이에요. 밭이라고 다 같은 밭은 아닙니다. 모든 씨앗을 다 받아들여 풍요로운 결실을 이뤄주는 기름진 밭도 있지만, 풀 하나 제대로 자라지 못하는 밭도 있어요. 그래서 베풀고 나누는 것도 지혜가 있어야 해요.

착한 행위는 급히 서두르고
나쁜 행위는 억제하라.
착한 행위에 느린 마음을 가지면
나쁜 행위에 즐거움을 느끼기 쉽나니.

–〈법구경〉

그렇게 이해를 했으면, 이제 실천을 해야 합니다. 실천으로 이어지지 못하면 아무런 가치가 없어요. 농사짓는 방법을 배웠거든 농사를 지어야지, 그 방법만 끌어안고 있으면 무슨 소용이 있겠어요? 진정한 행복을 이루기 위해서 어떻게 하는 것이 수행이고, 어떻게 하는 게 복을 짓는 것인지 방법을 알았거든, 이제 몸을 움직여 실천해야 합니다.

그런데 막상 베풀려면 망설여지는 경우가 많아요. 아까운 거죠. 자식을 위해서 쓰거나 아내를 위해서 쓰고 싶은 욕심 때문에 공덕을 짓기가 참 어려워요. 우리 마음에는 좋은 쪽으로 가려는 선한 마음도 있지만, 나쁜 쪽으로 가려는 해로운 마음도 있어요. 그래서 마음을 지혜롭게 잘 써야 합니다. 스스로의 유혹에 넘어가면 안 돼요. 부처님 당시에 어느 가난한 부부가 있었는데, 옷이 딱 한 벌뿐이어서 함께 외출할 수도 없었어요. 그래서 낮에는 아내가 입고 다니고 밤에는 남편이 입고 다녔어요. 그러던 어느 날 남편은 부처님 설법을 듣고 크게 감동해서, 자기가 입고 있는 옷을 부처님께 공양하고 싶다는 생각이 들었어요. 그런데 그 옷을 공양하면, 자기와 아내에게는 아무것도 없게 된다는 생각이 들어서, 할까 말까 망설이고 있었지요. 고민하고, 고민하고, 또 고민하다가 이런 생각이 들었어요. '내가 이렇게 주저한다면, 어떻게 공덕을 지을 수 있겠는가? 단 한 벌뿐이지만 과감하게 공양하겠다.' 옷을 부처님 앞에 갖다 놓고, 그는 너무나도 기쁜 나머지 이렇게 외쳤어요. "나는 이겼다!" 무엇을 이긴 걸까요? 자기의 유혹을 이겼다는 말입니다. 그 '이겼다!'라는 소리가 세상에서 가장 행복한 소리로 울려퍼졌는데, 마침 법회에 동참하고 있던 왕이 그 소리를 들었어요. "내 백성 중에 저렇게 행복해하는 사람도 있느냐? 누가 그 행복의 주인공인지 찾아보아라." 왕은 한 가난한 사람이 단 한 벌뿐인 옷을 부처님께 공양하고, 자기를 이긴 것이 너무도 기뻐서 소리를 질렀다는 사실을 알고 "참으로 하기 어려운 일을 해냈구나."라고 크게 칭찬했어요. 그리고 그 부부가 가난을 완전히 벗어날 정도로 엄청나게 후한 상을 내렸다고 합니다. 우리도 그래야 해요. 남을 이기려고 기를 쓸 게 아니라, 나 자신을 이기기 위해 열심히 노력해야 합니다. 아무리 많은 사람을 이기고 천하를 정복한다 할지라도, 자기 자신을 이기지 못하면 진정한 승리자라고 할 수 없어요.

먹을 게 없어서 베풀지 못하는 경우는 없어요. 소유에 대한 집착이 강하기 때문에 망설이는 것이죠. 그래서 '부자가 공덕을 짓기는 낙타가 바늘구멍 통과하기보다 어렵다.'는 말도 있잖아요. 그 말이 실감날 때가 많습니다. 상담하러 오는 사람들 중에 사업하는 분들도 있는데, "이번 일만 잘 되면 제가 절대로 모른척하지 않겠습니다. 좋은 일 좀 해보고 싶습니다." 그래놓고는 잘 돼도 안 와요. 돈 세느라 바빠서 못 오는 거예요. 공덕을 짓는다는 게 이렇게 어렵습니다. 그러니까 얼마를 만들어놓고 난 후에 베풀겠다는 생각으로 미루지 마세요. 그냥 지금 형편대로 일부를 나누면 돼요. 그런 마음으로 살면 떳떳하고 행복한 삶을 살아갈 수 있어요. 이것이 지혜입니다.

활 만드는 사람은 줄을 다루고
배 부리는 사람은 배를 다루며
목수는 나무를 다루고
어진 사람은 자기를 다룬다.

–〈법구경〉

부처님이 공양을 받으셨던 이유가 뭘까요? 드실 게 없어서 그랬을까요? 진짜 중요한 의미는 그런 게 아니에요. 사람들로 하여금 마음을 선하게 하고, 복을 지을 수 있는 길을 열어주신 거예요. 베풀고 나누라는 가르침은, 자기 자신에게 이롭고 공덕이 되게 하는 것이지, 누구를 위해서 하라는 게 아니에요. 제가 예전에 제2대 종정(宗正) 스님을 모시고, 어느 유명한 사찰을 방문한 적이 있어요. 아주 크고 장엄하게 목조건물을 잘 지어놨는데, 주지스님이 자랑을 하시더군요. 돈 많은 사람 네 명이 수십 억씩 내서 지었다고 했습니다. 저는 무척 부러웠어요. 그래서 큰스님을 모시고 돌아오면서 그 부자들을 칭찬했지요. "정말 큰 복을 지은 거 같습니다." 그랬더니 이렇게 말씀하셨어요. "물론 그들은 공덕을 지었지. 하지만 그건 참된 불사의 의미는 아냐." 뜻밖의 말씀이었어요. "너는 불사를 뭐라고 생각하느냐? 건물을 짓는 게 불사냐? 아니면 여러 사람들에게 공덕이 되게 하고, 모든 사람들을 깨달음으로 이끌어주는 걸 불사라고 생각하느냐?" 저는 무척 부끄러웠습니다. 누구든지 있으면 있는 만큼, 없으면 없는 만큼, 그 정성과 마음을 모을 수 있어야 진정한 불사라는 말씀이었어요. 제일 중요한 것은 많은 대중들이 화합해 동참하는 것이고, 불사는 물질로만 이뤄지는 게 아니라 마음으로 결정체를 이루지 못하면 아무런 의미가 없다는 것을 확실하게 알게 됐습니다.

그리고 공덕을 지어놓고 조급해하지 마세요. 때가 되면 열매는 열리게 돼있어요. 인과는 결코 예외가 없는 법입니다. 열매를 미리 예단하지도 마세요. '내가 이만큼 했으니까 이런 결과로 돌아올 거야.'라는 생각을 말라는 말씀이에요. 농부가 씨 뿌리고 김매면서 '열매가 이런 모양으로 이만큼 열려야 하는데 언제 열리려나?' 하고 조바심을 내지는 않아요. 그저 묵묵히 믿음을 가지고 가꾸다보면 열매는 실망을 주지 않고 열리듯이, 깨달음도 그렇고 소원도 그래요. 오종종하게 눈앞에 있는 것에 연연하지 말고, 그림을 크게 그리고 길게 보세요. 열심히 하다보면 결실은 분명해요. 부처님과 똑같은 지혜와 복덕을 완전하게 갖춘 진정한 행복의 결실이 있다는 걸 의심하지 마세요. 작은 소원 하나가 이뤄졌느니 안 이뤄졌느니 시비하지 말고, 오직 노력하고 정진할 뿐이에요. 기적을 바라지 말고 철저하게 인과를 믿으세요. 노력한 만큼의 대가는 분명히 있습니다.

모든 것은 마음이 근본이다.
마음에서 나와 마음으로 이루어진다.
나쁜 마음을 가지고 말하거나 행동하면
괴로움이 그를 따른다.
수레바퀴가 소의 발자국을 따르듯이.

모든 것은 마음이 근본이다.
마음에서 나와 마음으로 이루어진다.
맑고 순수한 마음을 가지고 말하거나 행동하면

즐거움이 그를 따른다.

그림자가 그 형체를 따르듯이.

-〈법구경〉

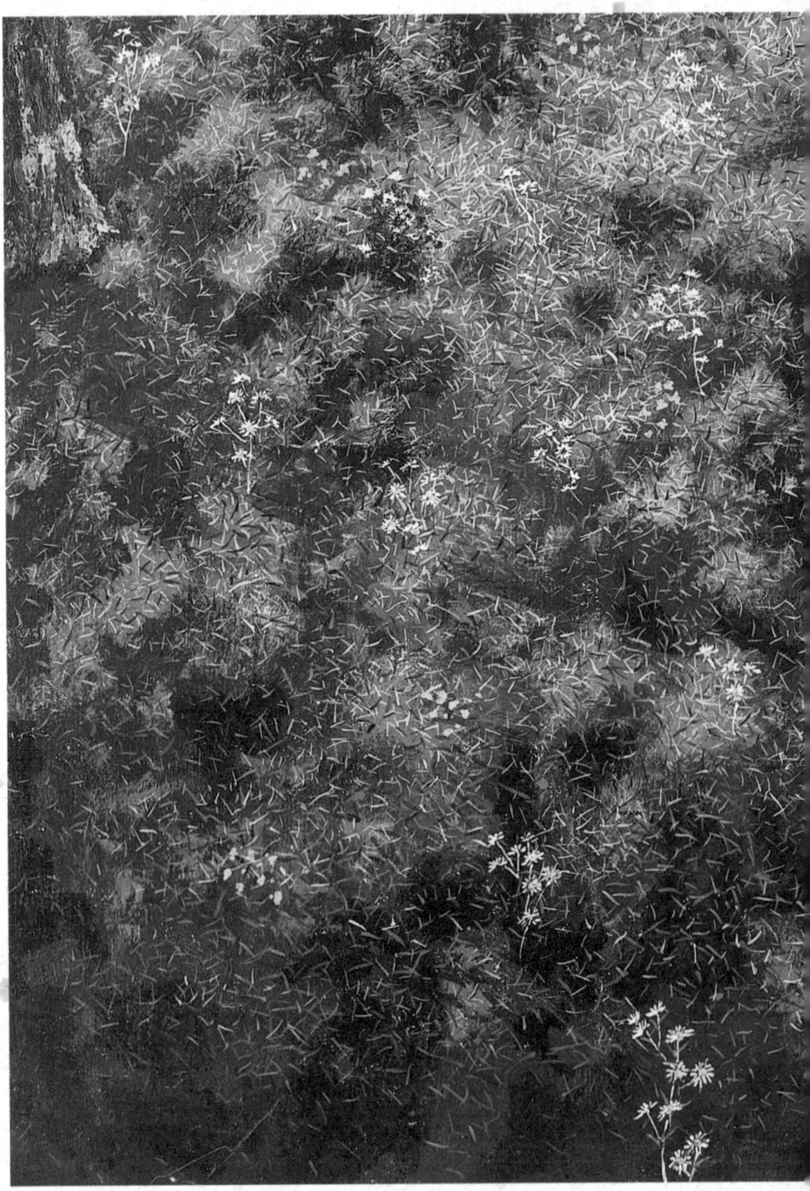

푸른 그늘 · 91×60.6cm · 캔버스에 아크릴 물감

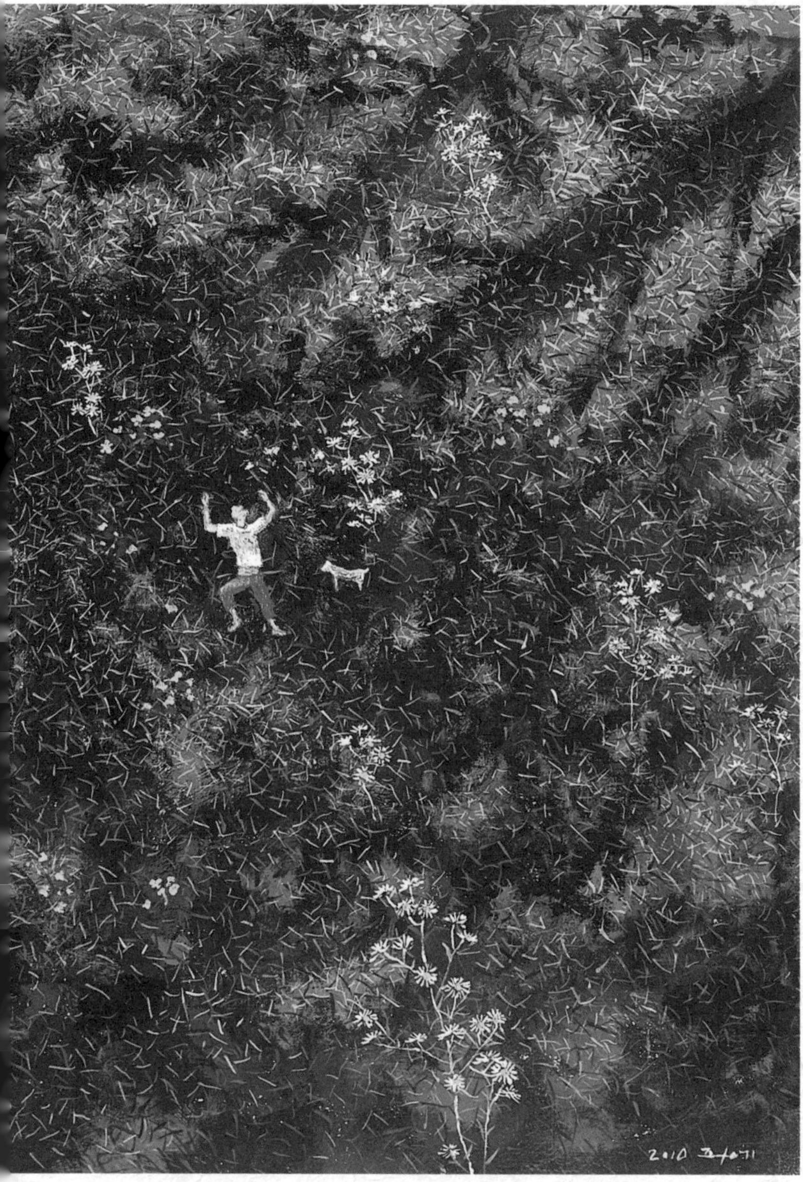

버들
90.9×65.1cm
캔버스에 혼합 재료

적은 돈, 큰 공덕

탐욕 때문에 늙어가고
분노 때문에 병들어가며
어리석음 때문에 죽어가니
이 세 가지를 없애면
열반을 얻으리라.

–〈법구경〉

이 세상에 변하지 않는 게 있을까요? 모든 건 변하고 있어요. 날씨가 변하고, 계절이 변하고, 내 몸이 변하고 있어요. 변하지 않는 건 딱 하나밖에 없어요. 그게 뭐냐 하면, 변한다는 사실 하나만 빼고 모두 변해요. 이게 진리예요. 그런데 사람들은 변하지 않기를 바랍니다. 이 세상 모든 게 다 변한다 해도 내 사랑만큼은 변하지 않기를 바라고, 내 몸만은 늙지 않기를 바랍니다. 그러나 늙고 싶지 않다고, 안 늙을 수는 없지요.

인간이 가장 싫어하는 게 무얼까요? 죽는 겁니다. 그래서 영생을 말하는 사람들도 있지만, 과연 그런 게 있을까요? 영생을 한다면 그 순간 세상은 이미 망가진 거예요. 요즘 사람들은 옛날보다 훨씬 오래 삽니다. 과학의 힘으로 수명을 많이도 늘려놓았어요. 옛날에 60세를 살면 보통에 속했는데, 요즘엔 60세에 가면 요절이라고 한대요. 이미 80세는 보통이 되었고, 100세를 넘는 세상이 곧 온다는 겁니다. 이런 수명 연장이 오래 살려는 노력으로 이룬 쾌거라 할 수도 있지만, 부작용도 나타나고 있는 게 현실이에요. 우선 복지에 필요한 자금이 엄청나게 늘어날 수밖에 없고, 이것이 저출산 현상과 맞물리면서 사회적으로 큰 문제가 되고 있어요.

애기를 많이 안 낳는 것은 돈 때문이에요. 어렵게 맞벌이하면서 먹고 살기도 벅찬 와중에 어린아이를 키운다는 것도 힘들고, 특히 학원비를 비롯해서 교육비가 너무 부담스러우니까 출산을 피하는 겁니다. 그러다보니 젊은 사람들은 자꾸 줄어들어 노인을 먹여 살릴 인구가 부족해지고 있는 거예요. 심각한 문제가 아닐 수 없어요. 무조건 오래 살고 보자는 것도 욕심이고, 자식을 안 낳으려는 것도 욕심이에요. 옛말에 '약빠른 고양이 밤눈이 어둡다'고 했어요. 내 스스로 내 발등을 찍는 거죠. 인간의 이기적인 욕심이 불행을 자초한다는 걸 분명히 알아야 해요.

자식이 없으면 금전적인 부담은 덜할 수 있겠지요. 하지만 더 큰 걸 잃을 수도 있어요. 자식을 키우려면 부모의 희생이 있어야 하는데, 희생은 그 자체로 공덕이에요. 세상에 가장 큰 공덕이 바로, 자식을 낳아 기르는 공덕이에요. 왜냐하면 인생을 살아가면서 누군가에게 마음을 줄 때, 100%, 150% 마음을 줄 수 있는 대상은 자식뿐이기 때문이에요. 부모한테 아무리 효도를 해도, 자식에게 만큼은 못해요. 그래서 예로부터 '내리사랑'이라 하잖아요. 부모님 마음을 이해하려면 내가 부모가 돼봐야 하고, 부처님 마음을 이해하려면 자식을 낳아 길러봐야 해요. 자식을 오로지 사랑으로 대하시는 부모님 마음과, 일체 중생을 오로지 자비로 대하시는 부처님 마음이 무엇이 다르겠어요? 욕심으로만 살아갈 게 아니라, 힘들고 불편하더라도 지킬 건 지키고, 행할 건 행해야 미래가 행복할 수 있어요. 그런데 우리는 조금만 힘들고 약간만 손해나도, 죽는 줄 알고 난리를 치고 있는 것은 아닌지 깊이 생각해보아야 합니다. 인생을 그렇게 약삭빠르게만 살면 마음의 공덕은 찾아보기 어렵고, 깊이도 없고 감동도 없는 공허한 인생이 되고 말아요. 이것이 물질적 풍요 속에서도 우리가 점점 더 외롭고 불행하다고 느끼는 원인은 아닐까 생각해봅니다.

이와 같이 변화를 거스르는 욕심에서 고통이 와요. 그럼 어떤 길로 가야 할까요? 어차피 변하는 거라면, 변화를 거부할 게 아니라 잘 변해야 합니다. 세상의 순환을 있는 그대로 편안하게 받아들이는 삶, 물 흐르듯 자연스럽게 진행하는 삶이어야 해요. 그런데 우리는 왜 그런 삶을 살지 못하고 자꾸 욕심을 부리는 걸까요? 지혜가 없어서 그래요. 세상을 있는 그대로 보고 턱 받아들일 수만 있으면 저절로 자연스러운 삶이 될 텐데, 우리는 그런 안목과 지혜가 없기 때문에 자꾸 욕심으로 눈이 어두워, 주변에 꺼둘리고 휘둘리면서 갈등과 고통을 반복하는 겁니다.

그래서 그 어떤 행동보다도 지혜를 찾는 것이 가장 급해요. 만약 서울을 가려 한다면 정확한 방향을 먼저 알아보고, 바르고 적절한 방법을 선택한 후에 출발해야 하는데, 그냥 무턱대고 출발부터 해버리면 엉뚱한 데로 가기 쉽고, 가면 간 만큼 헛수고일 수밖에 없어요. 이건 동쪽으로 간다면서 서쪽으로 가는 것이고, 행복으로 간다면서 고통으로 가는 것이에요. 그래서 지혜를 찾는 게 우선돼야 하고, 그 지혜를 바탕으로 행동을 해야 좋은 결과를 기대할 수 있는 겁니다.

복을 짓는 것도, 누군가에게 이익을 주는 것도 지혜가 있어야 해요. 무턱대고 준다고 좋은 게 아니에요. 어떤 사람에게 한없이 먹을 걸 줬는데, 그 사람이 자제할 줄 몰라 너무 먹고 탈이 나서 고통을 받는다면, 오히려 안 준 것만도 못해요. 상대를 알아서 줘야 한다는 말입니다. 그래서 나 자신을 위해서나 상대를 위해서나 지혜가 우선돼야 해요.

그런 다음에 꾸준한 노력으로 공덕을 지으면 됩니다. 지금 만족한 결과와 아름다운 결실을 얻었다 하더라도 자만하지 마세요. 그건 결코 순간적으로 만들어진 게 아니라, 오랜 세월 동안 수많은 노력의 열매이기 때문이에요. 머리가 좋게 태어났든, 좋은 부모를 만났든, 좋은 이웃과 스승을 만났든, 하루아침에 만들어진 열매가 아니에요. 내 머리로는 도저히 이해할 수 없는 먼 과거로부터 뿌리고 가꾸어온 선근(善根)으로 맺어진 열매입니다. 그렇다고 한다면 그걸 따는 순간에 뭘 해야 하겠어요? 미래를 준비해야 합니다. 복이 있는 사람이든 아니든, 끝없는 노력을 계속해야 합니다. 나는 전생에 지어놓은 복이 없다고 지레 포기하거나, 아쉬울 게 없다고 멈추는 사람은 어리석은 사람이에요. 좋은 날을 마무리하면서 어려움을 자초하고 있어요.

노력의 끝은 없어요. 영원한 진행형이에요. 부처가 되고 나면, 그 부처님은 노력을 할까요? 안 할까요? 부처님도 노력을 합니다. 부처님 당시에 아나율(阿那律)이라는 제자가 있었어요. 훗날 부처님의 십대 제자 중의 한 분이 되셨고, 굳은 결심으로 출가를 하셨지만 한 가지 흠이 있었는데, 그것은 자신도 어찌할 수 없는 잠 때문에 겪는 어려움이었어요. 어느 날 부처님께서 설법을 하실 때, 법문을 듣다가 그만 졸고 말았어요. 우리도 스님 법문 들을 때 졸거나, 누가 이야기할 때 딴청 부리는 경우가 있죠? 잘 들어주는 것도 공덕이에요. 서로 함께 조화를 이뤄야 비로소 무언가가 이뤄질 수 있기 때문이에요. 부처님이 아무리 위대해도 저처럼 출가하는 사람들이 있으니까 위대하신 것이고, 강사가 아무리 훌륭해도 들어주는 사람이 있어야 훌륭한 겁니다. 아무도 없는데 혼자 떠들면 사람들이 뭐라 하겠어요? 이상한 사람이 되고 말 겁니다. 이렇게 주고받는 관계에서 행복도 있는 것이지, 절대로 혼자서는 행복이라는 단어를 완성할 수 없어요.

아나율 존자는 정말 수행을 열심히 하던 분인데 너무 피곤해서, 부처님께서 설법을 하실 때 꼬박꼬박 졸았던 것이죠. 부처님은 아나율을 따로 불러 말씀하셨어요. "아나율이여, 네가 수행을 하는 것은 국법이 두렵기 때문인가? 아니면 도둑이 두려워서인가?" "아닙니다. 생로병사의 괴로움과 번뇌를 해결하고자 함입니다." "아나율이여, 너는 지금까지 돈독한 신심으로 출가해 수행을 해왔다. 그런데 오늘 법문을 들으면서 졸고 있었는데 무슨 까닭인가?" 조용하지만 엄중한 질책에 아나율은 깊이 참회했어요.

사실 열심히 하는 사람이라야 뭔가 잘못된 부분을 지적하는 것이지, 아예 희망조차 없는 사람은 지적도 안 하는 법이에요. 그래서 미움도 사실은 관심이에요. 미워하지도 않을 정도면 정말 심각한 거죠. 경전에 보면, 어떤 사람이 부처님께 코끼리 조련에 대해서 설명하는 얘기가 있어요. "코끼리를 다루는 방법은 세 가지가 있는데, 그 첫째는 부드럽게 다루는 것이요, 둘째는 엄하게 다루는 것이요, 셋째는 부드러움과 엄격함을 섞어서 다루는 것입니다." 부처님께서 물으셨어요. "만약 세 가지 방법으로도 길들여지지 않을 때는 어떻게 하는가?" "쓸모없는 놈은 죽여버립니다." 이번엔 그 사람이 질문을 했어요. "부처님은 어떤 방법으로 제자들을 다루시는지요?" "나도 어떤 때는 부드럽게 하고, 어떤 때는 엄격하게 하고, 어떤 때는 엄격하면서도 부드럽게 다룬다." "세 가지 방법으로도 안 되면 어떻게 하십니까?" "나도 역시 죽여버린다." 그는 깜짝 놀랐어요. "살생은 나쁜 거라고 가르치시는 부처님께서, 어찌 죽인다고 말씀하시는지요?" "그대의 말대로 살생은 나쁜 것이다. 그러나 세 가지 방법으로도 말을 듣지 않으면, 나는 그와 더불어 말하지 않고 가르치지나 훈계하지 않는다. 이것이 그를 죽이는 것이 아니고 무엇이겠느냐?" 부처님께서 관심을 두지 않는 사람, 우리는 이 부분을 잘 생각해보아야 합니다. 진리로부터 외면당하는 사람은, 살아도 살아있는 목숨이 아니라는 말씀이에요. 진리와 행복으로 점차 나아가는 게 진정 살아있는 것이지, 진리로부터 멀어진다면 죽은 목숨보다도 못한 거라는 경고입니다.

다시 아나율 존자 이야기로 돌아가서, 그는 부처님의 꾸중을 듣고 너무너무 부끄러웠습니다. 그래서 무릎을 꿇고 합장해 원을 세웠어요. "부처님이시여, 오늘부터 저는 결코 잠을 자지 않겠습니다. 비록 몸이 녹아내리고 모습이 변하더라도, 결코 잠자지 않겠습니다." 그날부터 몇 날 며칠을 뜬눈으로 수행했다고 합니다. 그 때문에 눈에 병이 생겨, 시력을 점점 잃어가고 있었어요. 부처님께서도 걱정이 돼서 말리셨지요. "아나율이여, 너무 지나친 것은 좋지 않다. 중도(中道)를 행함이 옳으니라." 그러나 멈추지 않았어요. "저는 맹세를 했습니다. 그것을 어길 수는 없습니다." 결국 그는 눈이 멀고 말았어요. 그렇게 육체의 눈은 잃었지만 '천안(天眼)'이라는 신통을 얻어, 세상을 훤히 꿰뚫어보는 마음의 눈을 뜨게 되었어요.

그런데 어느 날 아나율이 바느질을 하고 있었는데, 도저히 바늘귀를 꿸 수가 없어서 도움을 청했습니다. "어느 분인가 나를 위해 바늘에 실을 꿰어주고, 공덕을 짓지 않으시렵니까?" 그러자 누가 그의 곁으로 다가와, 실과 바늘을 건네받으면서 이렇게 말하는 것이었어요. "아나율이여, 내가 꿰어주마." 그 목소리는 분명히 부처님이었어요. 그는 깜짝 놀랐지요. "부처님이시여, 황송하옵니다. 저는 부처님께 말한 게 아니고, 다른 스님이 계시는가 해서 말했던 것입니다. 부처님은 이미 깨달음에 도달한 성자이신데, 더 이상 공덕을 지어 행복을 추구할 필요가 없지 않으십니까?" 그러자 부처님은 조용히 타이르듯 말씀하셨어요. "그렇지 않다, 아나율이여. 나도 여러 사람들과 마찬가지로 행복의 길을 추구하고 있느니라."

복과 지혜를 완전하게 갖춘 부처님조차 복을 짓는 데 있어선 영원한 진행형이라는 것이고, 누구나 늘 새로운 복을 지어야 한다는 것을 잘 보여주는 이야기입니다. 이미 다 된 부분은 없어요. 그리고 복을 지으려 해도 혼자서는 안 되고 서로 인연이 맞아야 가능하니까, 모쪼록 기회를 놓치지 말라는 교훈도 담겨 있어요. 부처님도 이러하실진대 우리가 방심할 시간이 어디 있겠어요? 우리가 만족할 이유가 어디 있겠어요? '나는 복을 이만큼 지었으니 됐고, 나는 이만큼 살면 됐고, 기도할 만큼 했고…' 이런 생각은 어리석은 거예요. 보다 나은 미래를 향해서 꾸준히 나아가는 것 자체가 진리이며, 진리대로 살면 갈등과 괴로움은 없습니다.

꾸준한 노력이 얼마나 중요한가와 관련해서 지장경(地藏經)에는, 짐을 잔뜩 싣고 비탈길을 올라가는 수레의 비유가 있어요. 언덕으로 끌고 올라가다가 힘들다고 놓아버리면 어떻게 되겠어요? 제자리는커녕 바로 뒷걸음치고 말 겁니다. 끝까지 올라가는 인생을 살아야 해요. 꾸준한 노력이 필요하다는 말씀이에요. 오늘 열매를 맺었거든 또 미래의 열매를 위해 보시를 거듭하면서 공덕을 지으세요. 베풀고 나누세요. 바라는 마음 없이 끝까지 주세요. 내 자식과 가족에 그치지 말고, 넓게 베풀고 나누세요. 많이 벌었으면 많이 가진 걸 자랑할 게 아니라, 잘 나누고 더불어 사용하는 게 공덕이에요.

그런데 아무리 친구나 이웃이라 해도, 큰돈으로 은혜를 베풀기는 어려워요. 옆 사람이 망했다고 몇 천만 원을 선뜻 줄 수 있겠어요? 형제지간이라면 또 모를까… 그것도 요즘엔 천연기념물이라고 하더군요. 그래서 적은 걸로 자주 행하는 게 중요해요. 큰 돈은 내 맘대로 안 돼요. 적은 돈은 내 맘대로 할 수 있고, 적은 돈의 노예가 되지는 않는데, 돈을 크게 불려놓으면 내 의지와 상관없이 돈에 발이 달려가지고 왔다 갔다 해요. 크게 키워서 좋은 일을 해보겠다는 생각은 버리세요. 적지만 마음이 일어나는 순간에 습관을 들이는 게 중요해요. 이것이 공덕을 만드는 지혜입니다.

절에서 템플스테이(temple stay)를 하면 차 한잔 하면서 대화를 나누는 시간이 있는데, 언젠가 일본에서 온 학생들이 이런 질문을 했어요. "사람들은 모두 자기 욕망을 통해서 세상을 살고 있는데, 스님들의 삶은 어떤 겁니까?" 아마도 그것은, 모든 집착을 내려놓기 위해 끊임없이 노력하는 삶이라고 할 수 있겠지요. 집착을 하는 순간 고통이 오게 돼 있어요. 백 년도 못 사는 인생에 천 년을 걱정하면서 산다면, 얼마나 어리석은 일이겠어요?

옛날에 큰스님과 사미승이 길을 가고 있었다고 합니다. 그런데 길가에 금덩이가 하나 떨어져 있는 거예요. 사미승은 큰스님 모르게 얼른 주워서 바랑에다 넣었어요. 그 순간부터 사미승은 마음이 바빠졌어요. 어두워지면 혹시나 그 금덩이를 뺏길까봐 불안했죠. 그래서 빨리 가자고 자꾸 재촉했습니다. 수행하는 마음하고 정반대로 가버린 거예요. 마음이 일어나지 않게 하는 게 수행인데, 이미 번뇌에 사로잡힌 것이죠. 우리도 그래요. 마음을 안정시키지 못하고 이리저리 휘둘리며 살고 있어요. 들으면 듣는 대로 휘둘리고, 보면 보는 대로 휘둘리고… 그렇게 정신없이 살지만, 수행이 극도로 깊어진 사람은 일체 휘둘리지 않아요. 눈을 뜨고 봐도, 마음까지 그 현상이 들어오질 않는 거예요. 어떤 분들은 눈만 감고 앉으면 별별 생각이 다 떠올라서 기도를 못 하겠다고 하시는데, 그게 정상이에요. 잡념은 자연스러운 것이고, 거기서 자유로울 수 있도록 노력하는 게 우리가 할 일이죠. 만약 수행도 안 했는데 별 생각이 없으면, 사실 그것도 문제예요. 그 사미승은 아무 걱정 없이 편안하게 길을 가고 있었는데, 금덩이를 주은 그때부터 생각이 복잡하고 마음이 바빠져 안절부절못하게 된 것이죠. 큰스님께서 그걸 보시고 단호하게 말씀하셨어요. "버려라!" 사미승은 망설였지만, 할 수 없이 금덩이를 버렸습니다. 버리고나니까 근심도 없어졌어요. 홀가분한 자유예요.

제가 구인사에서 큰스님을 모시고 지낼 때, 낮에는 매일 농장에서 일을 했어요. 지금이야 농기구도 좋고 하지만, 그때만 해도 벌써 20년 전인데 지게질을 많이 했어요. 어쩌다 비라도 많이 와서 구인사 올라가는 길이 끊어지면, 차가 못 다니니까 전부 지게질을 해야 하는데, 영춘이라는 곳에서부터 배추나 무를 짊어지면 구인사까지 걸어갔어요. 그냥 올라가도 힘든 길인데, 지게를 짊어지고 가면 정말 힘들더군요. 그렇게 생활할 때, 용돈으로 6만 원이나 7만 원 정도 주셨는데, 그걸 차곡차곡 모아가지고 어디 갖다 넣을 줄도 모르고, 농에다 두었어요. 그런데 누가 가지고 갈까봐 불안해서 그냥 못 두고, 이 주머니에도 넣었다가 저 주머니에도 넣었다가 하고, 그것도 불안하니까 자물쇠를 하나 구해서 잠그곤했는데, 무척이나 신경 쓰이는 거였어요. 그게 다 번뇌예요. 받는 대로 그냥 써버리면 될 것을, 욕심 때문에 그러지도 못하고, 농장만 갔다오면 만져보곤 했어요. 그렇게 몇 달치가 모이니까, 이젠 농장을 가도 불안한 거예요. 선방(禪房)에 앉아있어도 궁금하고, 그래서 또 올라와 만져보고 그랬어요.

그러다가 '내가 왜 이러고 사나? 이건 아니다.'싶어서, 어느 날 툭툭 털어 삼보당 복전함에 넣었어요. 넣으면서도 '넣을까 말까' 갈등을 많이 했지만, 그걸 넣고 나니까 근심이 하나도 없는 거예요. 농을 활짝 열어놓고 가도 신경이 안 쓰이고, 세상에 그렇게 편할 수가 없어요. 그때 확실히 알았습니다. '아, 이거로구나. 마음의 평화를 얻고 싶으면, 욕심으로부터 자유로워져야 하는구나.' 조금씩 생길 때마다 잘 썼으면 더 큰 공덕이 됐을 텐데, 그걸 모아놓고 있던 저 자신이 참으로 부끄러웠어요.

욕심에서 벗어나는 것이야말로 행복의 시작이고 공덕의 바탕이에요. 욕심으로 똘똘 뭉친 사람이 어찌 베풀 수 있겠어요? 사실 내게 필요한 건 그리 많지 않아요. 기본적으로 하루 세 끼, 그것만 있으면 돼요. 세 끼 이후엔 좀 남을 위해서 나눌 줄 아는 여유를 가져야 해요. 그리고 또 내일을 위해서 열심히 일하는 거죠. 그리고 거기서 얻어지는 게 있으면 또 나눌 줄 아는 삶을 살아보세요. 이것은 엄청난 공덕이 됩니다. 그런데 주변을 보면, 갖다 모으고 갖다 모으고… 모으고 난 다음에 자기가 얼마를 벌어놨는지도 모르고, 그냥 죽는 경우도 많아요. 그리고는 죽음의 문턱에 이르러 후회를 합니다. '아, 내가 써보지도 못하고 고생만 하다가 이렇게 가는구나.' 그러면 개운한 마음으로 갈 수가 없어요. 마음에 찌꺼기가 남아요. 그래서 평소에 홀가분하게 살아야 해요. 그러면 미래는 더 홀가분한 삶이 오게 돼 있어요. 돌아보면 꿈같은 인생인데, 뭔가 짓눌리는 마음으로 살지 말고 자유롭게 살아보세요.

자식에게도 마찬가지예요. 억만금을 남겨주려고 애쓰지 마세요. 자식이 그 재산을 지킨다는 보장도 없어요. 바른 양심과 바른 철학, 그리고 성실함을 전해주세요. 능력을 넘어서는 재물은 오히려 재앙이 될 수도 있습니다. 자식에게 물질에 대한 집착을 키워주지 말고, 그 집착으로부터 벗어나는 지혜를 가르쳐주세요. 돈이 필요 없다거나 나쁘다는 게 아니라, 돈에 휘둘리는 물질의 노예가 되지 말고, 돈의 주인으로서 바르게 벌고 멋지게 쓸 줄 아는 지혜가 중요하다는 말이에요. 이것이 무엇보다 훌륭한 유산입니다.

흔히들 업식(業識)이라고 하는 까르마(karma)는 참으로 중요해요. 우리를 행복으로 이끌기도 하지만 고통의 구렁텅이로 밀어넣기도 합니다. 사람으로 살면서도 축생의 까르마가 강한 사람은 축생의 짓을 해요. 잘못된 고정관념을 버리지 못하고 고집을 부리는 것이죠. 그 길로 가면 죽는다고 해도, 굳이 그 길로 가는 사람이 있어요. 그게 축생이에요. 꼭 축생의 몸을 하고 있어야 축생이 아니에요. 잘못된 욕심과 어리석음에서 하루빨리 벗어나야 해요. 그러려면 어떻게 해야 할까요? 진리의 가르침을 늘 가까이하세요. 지혜가 늘어날 겁니다. 그러한 힘으로 베풀고 나누면서 꾸준한 노력으로 공덕을 지으면 돼요. 그러면 세상을 제대로 볼 수 있고, 주변 상황의 변화나 욕망에 휘둘리지 않아 안정된 마음으로 지낼 수 있어요. 마음에 찌꺼기가 남지 않아 항상 개운하고 편안한 삶, 자연스러운 삶을 누릴 수 있어요. 이렇게 해서 번뇌로부터 자유로우면, 그 무엇과도 견줄 수 없는 진정한 행복, 크나큰 보배의 빛을 얻을 수 있어요.

버리고 또 버리니 큰 기쁨일세.
탐진치 어둔 마음 이같이 버려
한 조각 구름마저 없어졌을 때
서쪽에 둥근 달님 미소지으리.

-〈입측진언 게송(入厠眞言 偈頌)〉

始原의 기억
65.1×45.5cm
캔버스에 아크릴 물감

3장

결핍 없는 인생

가을 들녘
60.6×50cm
캔버스에 아크릴 물감

인생은 셀프다

자기 자신을 등불로 삼고, 자기 자신에 의지하라.

진리에 의지하고, 진리를 스승으로 삼아라.

진리는 영원히 꺼지지 않는 등불이 되리라.

이 밖에 다른 것에 의지해서는 안 된다.

-〈열반경(涅槃經)〉

저의 아버지는 비록 출가는 안 하셨지만, 기도와 수행이 가득한 삶을 사셨습니다. 구인사를 다니시면서 거의 40년을 한 번도 안 빠지고 안거(安居)를 하셨어요. 신도 안거뿐 아니라 스님들 안거까지 알뜰하게 챙겨서 여름에 한 달, 겨울에 한 달, 스님 안거 석 달, 이렇게 일 년에 적어도 다섯 달 정도는 구인사에서 살다시피 하셨어요. 그래서 아버지를 생각하면 친구분들과 즐겁게 노시거나, 술 한잔 하시거나 하는 기억은 전혀 없고, 오직 절에 다니시던 모습만 떠올라요.

안거를 하셔도 그냥 하시는 게 아니라, 아버지는 주로 일을 자청하셨어요. 여름에는 산에 가서 풀을 베셨고, 겨울이면 나무를 하고 장작을 패셨지요. 제가 출가하기 전에는 그저 당연한 일이려니 했는데, 출가 후 10년까지도 계속 그러시니까 마음에 좀 걸리더군요. 그래서 하루는 말씀을 드렸어요. “제가 출가를 해서 이 절에 있는데, 아버님이 그러고 다니시는 모습을 뵙기가 불편합니다. 밖에서는 모르지만 절에 오셔서는 이제 일을 그만 하셨으면 좋겠습니다.” 그랬더니 이렇게 말씀하셨어요. “그게 그렇게 창피한 일입니까? 노력하지 않고 대접을 받는 게 오히려 부끄러운 일이지, 도둑질을 하는 것도 아니고, 부처님 가르침에 어긋나게 하는 것도 아니고, 주경야선(晝耕夜禪)의 실천 현장인 이곳에 와서 손톱이 까지고 무릎이 좀 벗겨지더라도 절대 부끄러운 일은 아닙니다. 그러나 스님 체면에 손상이 간다면 다시 한번 생각해보겠습니다." 참으로 부끄러웠습니다. 외형적인 치레 때문에 아버지의 깊은 뜻을 헤아리지 못하고, 자식의 체면만 생각했던 거죠.

아버지는 집에서도 저녁이면 10킬로미터나 떨어진 절을 자전거로 다니곤하셨는데, 그게 그저 매일의 일상이셨어요. 그 뒤로 80cc 오토바이를 타고 다니셨고, 환갑을 넘기시고 운전면허를 따시더군요. 오토바이는 너무 추워서 안 되겠다고, 아주 작은 승용차를 구입해서 타고 다니셨어요. 그리고 나중엔 '눈이 어두워 운전을 못 하겠다.' 하시더니 버스를 타고 다니셨어요. 해가 떨어지기 전에 버스로 가서 밤새 기도하고 새벽에 오시는데, 수년 동안 부처님 전에 다기(茶器)를 직접 올리셨습니다.

그런데 연세가 드시면서 담석이 생겨 큰 고통을 겪으시고, 수술을 일곱 번이나 받으셨어요. 담석이 담낭에 생기면 담낭을 제거하면 된다는데, 담낭과 간 사이에 있는 관에 생겨 잘라낼 수도 없고 수술밖에는 방법이 없었죠. 수술을 하려면 전신마취를 해야 했고, 거듭되는 수술로 기력이 많이 약해지셨어요. 신행(信行) 생활을 참으로 열심히 하신 분인데, 깜깜한 밤이면 앉아서 기도하는 것밖에 모르시던 분인데, 안거를 해도 건성으로 하신 적이 한 번도 없는 분인데, 왜 아버지에게 이런 고통이 오는가? 그때 저는 부족한 생각에 회의도 들고, 마음도 많이 안타까웠습니다.

그러나 한편 생각해보면, 아무리 착하게 사셨어도 알게 모르게 지은 업장이 얼마나 많았겠어요? 가족을 부양하고 자식을 키우는 과정에서 어쩔 수 없는 잘못도 하셨겠지요. 아버지께서 언젠가 이런 말씀을 하신 적이 있어요. "내가 진작 부처님 가르침을 만났더라면 결혼하지 않았을 텐데, 자식을 줄줄이 낳아놓은 다음에 부처님 가르침을 만났고, 그 자식 버릴 수 없어서 낮에는 일하고 밤에는 기도하면서 인생을 살 수밖에 없었다." 그래서 아마도 저의 출가를 반대하지 않으시고, 오히려 기쁨으로 받아들이신 게 아닐까 생각합니다. 누구나 자식을 둔 사람이라면, 설사 양심에 좀 걸리는 일이라도 자식을 위해 필요하다면 선뜻 할 수밖에 없는 게 부모의 마음입니다. 그래서 아마 아버지도 많은 업장을 여러 번의 수술을 통해서 소멸할 수밖에 없으셨을 것이라 생각합니다. 수술이 반복될 때는 의심도 많이 들었지만, 죽음을 두려워하지 않고 너무나도 편안하게 돌아가셨다는 말을 들었을 때, 저는 분명하게 알았어요. 수행은 결코 헛되지 않다는 것을. 나태하지 않고 꾸준히 정진하는 것이 얼마나 중요한지 다시 한번 알았어요.

아버지는 형님 댁에서 돌아가셨어요. 마지막 수술은 잘 되었고, 퇴원하신 후에 기력을 회복해서 당신 스스로 생활하는 데 별 불편함은 없었는데, 돌아가시는 날은 잠을 많이 주무시더랍니다. 그리고는 일어나서 가족들에게 말씀 좀 하시고, 관세음보살 몇 번 부르시더니 스르르 눈을 감고 그냥 가셨다고 합니다. 아무런 고통 없이 정말 주무시듯 가셨다는 말을 듣고, '아, 그렇게 수행하는 마음으로 사시더니, 가시는 길만큼은 정말 편하게 가셨구나.' 하는 생각에 제 마음도 편안했어요. 그래서 지금의 모습만 보고 모든 걸 평가하면 안 되는 게 세상사 이치인 거 같습니다. '봉사하고 수행하고 열심히 사는데도, 왜 이거밖에 안 되는 거야? 나쁘게 살아도 잘 되는 사람 많더라.' 여러 가지 말이 있을 수 있겠지만, 세상은 절대로 그런 게 아닙니다. 노력한 만큼의 대가는 분명히 있어요. 우리가 그런 진리를 보지 못하고, 그저 보이는 게 전부인 양 잘못 생각할 뿐이지요.

부처님 가르침에 '자기 스스로를 등불로 삼고, 진리를 등불로 삼으라.'는 말씀이 있어요. 인생에서 가장 중요한 게 무엇일까요? 영원히 살 거 같은 착각에 머물러 있는 사람은 그것을 건강이나 명예, 돈, 권력 등으로 말할 수 있겠지요. 그러나 부처님은 '스스로를 밝게 하는 것'이라고 하셨어요. 인생길을 어둡게 하지 말고 밝게 가져가라는 말씀이지요. 내 인생을 비춰줄 수 있는 밝은 등불이 누구에게 있을까요? 나 자신에게 있어요. 결코 밖에 있는 게 아니에요.

궁극적인 책임은 다 자기 몫이에요. 아버지의 삶을 보더라도, 거듭되는 수술로 고통을 받은 것도 알게 모르게 지은 자기 업장 때문이고, 죽음을 두려워하지 않고 편안하게 가실 수 있던 것도 끊임없이 노력한 자기 수행 덕분이에요. 내가 가야 할 길을 알고 가는 사람에게 인생은 불안하지 않습니다. 그것이 설사 죽음이라 하더라도 두렵지 않아요.

죽음을 맞이하는 모습은 다양합니다. 엄청난 권력과 부를 가지고 있음에도 불구하고 죽음의 문턱에 다다랐을 때 살려달라고 애원하면서 억지로 끌려가듯 초라하게 죽어가는 사람도 있고, 가지고 있는 건 아무것도 없지만 죽음 자체를 자연스레 받아들이면서 의연하고 편안하게 가는 사람도 있어요. 그 차이는 무엇에서 비롯되는 걸까요? 현실의 삶을 무한히 긍정하는 사람은 죽음도 잘 받아들일 수 있지만, 그렇지 못한 사람은 살아서도 힘들고 죽음도 불행일 수밖에 없어요. 스스로 후회되는 게 많기 때문이에요.

자기야말로 자신의 주인
자기야말로 자신의 의지할 곳
말 장수가 좋은 말을 다루듯
자기 자신을 잘 다루라.

자기야말로 자신의 주인
어떤 주인이 따로 있을까
자기를 잘 다룰 때
얻기 힘든 주인을 얻은 것이다.

-〈법구경〉

그래서 나 스스로를 밝게 하는 첫 번째 덕목은, 자신에게 솔직해야 한다는 것이에요. 자기 자신을 속이지 않는 삶을 살아야 해요. 남은 속일 수 있어도, 자기 자신은 절대로 속일 수 없어요. 자기 자신에게 당당한 사람이 돼야 합니다. 찌꺼기가 남지 않는 삶을 살 수 있도록 노력해야 해요. 남편에게 최선을 다하고, 아내에게 최선을 다하고, 부모와 자식, 친지와 이웃에게 최선을 다하는 사람은 양심에 거리낌이 없어요. 마음에 찌꺼기가 없는 양심적인 삶을 실천하려면, 몸은 물론 바쁘고 피곤하겠죠. 하지만 육신의 편안함만 생각하면 상대방에게 부족함이 남을 수밖에 없어요. 힘들거나 귀찮다는 핑계로 마땅히 해야 할 일을 하지 않으

싸리꽃
162×112cm
캔버스에 유채

면 양심에 걸릴 수밖에 없기 때문이에요.

그럼 당당한 삶을 가능케 하는 구체적인 실천 기준은 무엇일까요? 그건 바로 도덕적인 생활, 즉 계를 지키는 것이에요. 저는 예전에 이런 생각을 한 적이 있어요. 출가하기 전에는 지킬 게 별로 없잖아요? 먹고 싶은 대로 먹고, 하고 싶은 대로 해도 죄가 안 됐는데, 머리 깎고 출가를 하고 보니, 하지 말라는 게 그렇게 많은 줄 미처 몰랐어요. '아, 잘못했다. 안 왔으면 하고 싶은 거 마음껏 하고 살았을 텐데….' 누가 등 떠민 것도 아닌데 막상 들어와보니까 후회되는 거예요. 그래서 나가려고 했더니, 나가면 죄가 배로 늘어난다는 으름장에 이러지도 못하고 저러지도 못하고 있다가 여기까지 왔어요.

계를 지키려는 사람하고 아닌 사람하고 누가 더 편하겠어요? 안 지키는 사람은 개고기도 먹고 하는데, 지키는 사람은 개고기를 먹어도 꺼림칙하고 낚시를 가도 꺼림칙하고 그래서, 그런 거 모르고 사는 게 더 좋다고 말하는 사람들도 있어요. 하지만 아닙니다. 가야 할 길과 가지 말아야 할 길, 해야 할 말과 하지말아야 할 말을 철저히 구분해서 하는 게 우선은 피곤한 거 같아도, 나중엔 훨씬 더 이롭고 좋은 거예요. 훨씬 더 복된 것이라면 힘들어도 해야 하지 않겠어요?

도덕적인 생활의 기준이 되는 계에는 어떤 것이 있나 하면, 살생하지 마라, 도둑질하지 마라, 삿된 인연을 함께하지 마라, 망녕된 말을 하지마라, 쓸데없이 정신을 황폐하게 하는 음식을 먹지 마라 등이 있는데, 특히 다섯 번째와 관련해서 '술 먹지 마라.'고 하니까 이것 때문에 계를 받을까 말까, 망설이는 분들이 꽤 있다고 합니다. 그러나 이것은 아예 먹지 말라는 의미보다는, 술 때문에 정신을 흐리지 말라는 뜻으로 이해해야 해요. 예로부터 술은 대인(大人)의 음식이라고 했습니다. 조선 시대의 고승 진묵대사(震默大師)는 곡차(穀茶)를 말술로 드시고도 정신이 조금도 흐트러지지 않으셨다고 해요. 술을 미화해서 곡차라 하는 게 아니라, 대사께서는 술에서 에너지만 취했지 자신을 뺏기지 않았기 때문에 곡차가 될 수 있었던 것이죠. 그러니까 못 지킬까봐 지레 포기하지 말고, 세상을 당당하게 살고 싶다면 계를 지키면서 도덕적인 생활을 해보세요.

그리고 또 한 가지 중요한 것은, 하지 말라는 것만 지키면 그게 딱 본전이에요. 가장 어리석은 사람은 본전치기해놓고 벌었다고 착각하는 사람입니다. 계를 지키는 건 손해 보지 않는 정도이지, 이걸 가지고 엄청난 복을 지었다고 생각하면 안 돼요. 도덕적인 생활을 하는 것은 마치 씨앗을 심는 거와 같아요. 씨앗을 심었으면 잘 가꿔야 합니다. 나쁜 행동을 멈추었으면 멈춘 걸로 끝나는 게 아니라, 좋은 행동으로 이어져야 해요. 보다 적극적으로 남을 배려하고 도와주는 선행을 실천해야 합니다.

나 스스로를 밝게 하는 두 번째는, 분명한 책임 의식이에요. 내가 한 행동의 과보는 반드시 내가 받아요. 지금 내 모습은 과거 행위의 결과이고, 지금 행위는 미래의 씨앗임을 철저히 알아야 해요. 같은 날 같은 시에 태어난 쌍둥이도 팔자가 달라요. 왜 그럴까요? 나라고 하는 것은 영원한 셀프(self)이기 때문이에요. 간혹 '나는 과거에 뿌려놓은 것도 없고, 아무리 노력해도 안 되니까, 대강 살고 말겠다.' 하는 사람도 있는데, 그건 어리석은 생각이에요. 지금은 비록 어렵다 하더라도 미래를 위해서, 지금부터라도 열심히 하겠다는 긍정적인 마음이 중요해요.

그리고 그 세 번째는, 남을 부러워하지 말라는 것입니다. 나는 나예요. 남을 부러워한다고 되는 게 아니에요. 그런데 자신의 처지를 비관하는 사람들이 있습니다. 현재를 포기하려는 사람들이 있어요. 하지만 생각해보세요. 이 세상에 나올 때, 태어나고 싶어 태어난 사람 있어요? 엄마 확인하고 나온 사람 있습니까? 왜 하고많은 아버지, 하고많은 좋은 어머니 다 내버려두고, 우리 부모가 내 부모가 됐을까요? 그게 그럴 수밖에 없는 인연이에요. 남의 아버지 부러워하고, 남의 어머니 부러워하는 사람의 인생은 절대로 잘 될 수가 없어요. 어쨌거나 나를 세상에 있게 해준 부모의 소중함과 감사함을 알고, 무한하게 긍정하는 마음을 가져야 해요. 부자이고 싶다고 누구나 부자가 될 수 있나요? 부자가 부럽게 느껴지는 건, 누구나 부자가 될 수 없기 때문이에요. 누구나 권력을 가질 수 있다면, 그 권력은 이미 권력이 아니에요. 자기가 처한 현실에서 최선을 다하는 걸로 만족해야지, 남을 부러워하는 건 스스로를 괴롭히는 것일 뿐, 아무런 이익도 없어요. 긍정이야말로 큰 재산입니다.

나 스스로를 밝게 하는 네 번째는, 사람을 함부로 만나지 말라는 것이에요. 근묵자흑(近墨者黑)이라는 말이 있어요. 먹을 가까이하면 먹물이 묻게 돼 있고, 향을 가까이하면 향내가 배게 되어 있어요. 어느 날 부처님께서 제자들과 함께 길을 가다가, 길가에 종이가 떨어져 있는 것을 보시고 그것을 주우라고 하셨어요. "그 종이는 무엇에 쓰던 것 같으냐?" "향내가 나는 걸 보니, 향을 쌌던 종이인가 봅니다." 다시 길을 가는데, 이번에는 새끼줄 한 토막이 떨어져 있었어요. 부처님은 그것을 주우라고 하셨어요. "그 새끼줄은 어디에 쓰던 것 같으냐?" "비린내가 나는 걸 보니, 생선을 묶었던 줄인가 봅니다." 그러자 부처님은 이렇게 말씀하셨어요. "인간의 본성은 맑고 깨끗하지만, 인연에 따라 복을 일으키기도 하고 죄를 일으키기도 한다. 어진 이를 가까이하면 뜻이 높아지고, 어리석은 자를 벗하면 재앙이 닥치게 된다. 마치 향을 쌌던 종이에서 향내가 나고, 생선을 묶었던 새끼줄에서는 비린내가 나는 것처럼, 사람들은 무엇엔가 점점 물들어가면서도 그것을 깨닫지 못함이니라."

인간은 환경에 영향을 받게 돼 있어요. 아무리 악한 사람도 착한 무리에 들어가 노력하면 착해지게 돼 있고, 아무리 선한 사람도 악한 무리에 들어가면 악해지게 돼 있습니다. 그래서 사람을 만나되 선한 사람을 만나려고 노력해야 해요.

언젠가 어떤 분이 전화를 해서 하시는 말씀이, 우리 절에 다니는 신도 누구가 아주 못됐다는 겁니다. 그분은 절에 안 다니는데, 우리 절에 다니는 사람 때문에 피해를 봤대요. 그런데 그 사람이 신도회 간부라고 하면서, 저보고 책임을 지라는 거였어요. 그 사람을 데리고 따지러 오겠다고 막 흥분하시기에 제가 그랬어요. "어떻게 못됐는지는 몰라도, 당신이 못됐다면 분명히 못된 거겠지요. 그런데 그 사람이 절에 다니고 신도회 간부라도 하니까 그 정도이지, 그렇지 않았다면 그보다 더 못됐을지 어떻게 아십니까? 절에서 법회를 할 때마다, 인생은 선하게 살아야 한다고 강조합니다. 불자 아니면 싸우라고 했다면 그 책임이 저한테 있겠지만, 저는 그렇게 말하지 않았습니다." 어떤 가르침이든 받아들이고 안 받아들이고는 자기 몫입니다. 인생은 셀프입니다. 그래도 좋은 가르침을 듣고 열심히 수행하는 사람은, 마음이 사악해지진 않을 것이라고 확신합니다. 마음이 엉뚱한 데로 가다가도, 다만 얼마라도 좋은 쪽으로 오려고 애를 쓸 것이기 때문이죠.

기회만 있으면 남을 이용해서 이익을 챙기려는 사람도 있지만, 그저 어떻게 하면 상대방을 도울까 애쓰는 사람도 있어요. 저는 그런 경우를 가끔 봅니다. 어떤 신도님이, 열심히 연습하는 합창단에 음료수를 사주고 싶다고 하시더군요. 참으로 좋은 일이에요. 법당 불전함에 돈 넣는 것만 공덕이 아니고, 그런 마음 일어나는 순간이 너무너무 소중하고 향기로운 겁니다. 그런데 이름은 밝히지 않고, 그냥 해주고 싶다고 하셨어요. 이 또한 훌륭한 마음이에요. 복을 짓고 싶은 사람은 이렇게 자꾸 복 지을 생각이 열리게 돼있어요. 그러나 나쁜 짓 하고 싶은 사람은, 자꾸 나쁜 짓 할 생각만 열리게 돼 있죠. 우리 마음엔 나쁜 마음과 선한 마음이 반반씩 있어요. 그중에 어떤 걸 꺼내 쓸 것인가를 잘 생각해서, 습관을 들여야 합니다. 그 선택은 오직 나에게 달려있어요. 스스로가 생선은 아니지만 생선을 가까이하면 비린내가 나고, 스스로가 향은 아니지만 향을 가까이하면 향내가 나게 돼 있어요.

나 스스로를 밝게 하는 또 한 가지 방법은, 침착성을 잃지 말라는 거예요. 어떤 상황에서든 동요하지 말고, 안정된 마음으로 살아가야 한다는 것입니다. 실패를 두려워하지 말고, 언제나 긍정적인 마음으로 세상을 살아야 해요. 얼마 전에 어떤 사람을 보았는데, 그는 젊었을 때 참으로 열심히 살았다고 해요. 그런데 해도 해도 안 되니까 자포자기해서 지금은 알콜 중독자가 되고 말았어요. 그는 오직 돈이라는 잣대로 성공을 평가했는데, 인생을 어떻게 돈으로 평가할 수 있겠어요? '내 인생은 실패로구나' 하는 부정적 심리에서 헤어나지 못한 그는 술에 의지하게 되었고, 지금은 술을 마시지 않으면 움직일 수조차 없는 심각한 상태가 되고 말았어요. 인생을 부정하는 게 이렇게 무서워요. 어떤 경우를 막론하고 현실을 긍정해야 합니다. 처음부터 끝까지 침착하게, 오직 자기 스스로 정신을 차려 살아가지 않으면 안 되는 게 우리 인생이에요.

인생은 철저하게 셀프입니다. 내 인생을 누가 대신 살아주지 않아요, 올 때도 그렇게 왔듯이, 살 때도 그렇게 살아야 하고, 또한 갈 때도 그렇게 가야 할 수밖에 없어요. 요즘 웰다이잉(well-dying)에 대해서 관심 있어 하는 분들이 많은데, 건강하게 죽는 건 건강하게 사는 거예요. 건강하게 사는 게 무엇일까요? 좋은 음식만 먹으면 건강할 수 있다고 생각하는 분들도 있지만, 마음이 건강하지 못하면 건강할 수 없어요. 마음을 건강하게 하는 가장 좋은 방법은 수행입니다. 무엇이 진리인지 늘 배우고, 좋은 마음을 위해서 끊임없이 노력하고, 그 마음을 실천으로 행하는 것이야말로 진정으로 건강한 인생이에요. 건강한 인생이라야 건강한 죽음도 가능합니다. 그렇기 때문에 시간이 나는 대로 마음을 살피고 닦아야 하고, 없는 시간을 만들어서라도 열심히 노력해야 현재는 물론 미래의 삶도 행복할 수 있어요.

만일 그대가 지혜롭고 예의 바르고
참된 진리를 구하는 도반을 얻는다면
어떠한 난관도 극복하리니
기쁜 마음으로 마음을 가다듬고 그와 함께 가리.

그러나 만일 그대가 지혜롭고 예의 바르고
참된 진리를 구하는 진정한 도반을 얻지 못한다면
마치 왕이 정복한 나라를 버리고 가듯
무소의 뿔처럼 혼자서 가리.

-〈수타니파타〉

자작나무 흰 집
90×50cm
캔버스에 아크릴 물감

자작나무
162.2×112.1cm
캔버스에 아크릴 물감

마음,
천 년의 보배

억울함을 당해서 밝히려고 하지마라.

억울함을 밝히면 원망하는 마음을 돕게 되나니,

그래서 성인이 말씀하시되

'억울함을 당하는 것으로 수행하는 문을 삼으라.' 하셨느니라.

–〈열반경〉

이 세상에 무궁무진한 존재가 있지만 그것을 내가 받아들여야 있는 것이지, 받아들이지 않으면 없는 거예요. 세상의 주인공은 바로 나 자신이에요. 우리가 무엇을 처음 보는 순간, 비로소 나의 세상에 그것이 생겨나는 겁니다. 예를 들어, 제가 어렸을 때만 해도 피자 파이는 없었어요. 그러나 여기에 없었지, 유럽에서는 주식이었어요. 단지 이곳에 있는 내가 알지 못해 없었을 뿐, 그것 자체가 없었던 건 아니에요. 이렇게 내가 보면 있는 것이고, 보지 않으면 없는 거예요. 우물 안 개구리는 그곳을 세상의 전부라고 알 수밖에 없듯이, 우리도 마찬가지예요. 자기 세상이 전부라고 느낄 수밖에 없어요. 이 세상은 내가 보는 만큼만 존재해요. 그래서 세상은 결국 내 마음에 달려있는 것이고, 세상을 이해하려면 내 마음부터 알아야 해요.

좋은 건 가지고싶고 싫은 건 버리고싶지만, 뜻대로 안 되는 게 우리네 인생입니다. 그게 마음대로 된다면 괴로워할 사람은 아무도 없겠지요. 아무리 채워도 채워도 다 채울 수 없는 게 우리 마음이기 때문에, 그 마음을 통해서 비울 줄도 알고, 채울 줄도 알아야 해요. 이것이 행복과 불행의 열쇠입니다. 그 능력을 기르지 않는 한, 결코 괴로움에서 벗어날 수는 없어요.

부처님은 어떤 분일까요? 보조국사 지눌(知訥) 스님은 “과거의 모든 부처님은 마음을 밝히신 분들이다. 그러니 도 닦는 이들은 부디 다른 곳에서 도를 찾지 말고 마음에서 도를 찾으라.”고 하셨어요. 마음을 마음대로 하신 분들이라는 말씀이지요. 그러나 자기 마음도 마음대로 할 수 없는 게 우리들 중생이에요. 화를 내고 다투는 이유는 결국 마음 때문입니다. 상대가 마음에 들지 않기 때문에 그러는 거지, 아니면 다툴 일이 없죠. 그런데 참으로 아이러니한 것은, 자기 마음도 마음대로 못 하면서 남을 시비한다는 거예요. 자기 마음도 마음에 안 들 때가 많은데, 어떻게 남이 내 마음에 쏙 들기만을 바라겠어요? 말도 안 되죠.

우리는 재물을 무척 중하게 여기며 살아가고 있어요. 그 정도가 지나친 나머지 소유가 아니라 구속을 받는다고 느낄 정도예요. 물론 인생을 살려면 재물이 필요합니다. 그런데 재물이 삶을 위해 필요한 것인지, 아니면 우리가 재물을 위해 살아야 하는지 생각해보아야 해요. 재물은 삶을 위한 도구일 뿐입니다. 그런데도 어느 순간부터 재물의 노예가 돼버렸어요. 재물 때문에 다투고, 재물 때문에 죽고, 재물 때문에 여러 가지 고통을 초래하는 경우가 많아요. 재물의 노예가 돼서 시키는 대로 웃고 울고 해요. 돈의 노예가 되지 말고 주인으로 살아야 합니다.

재물의 주인이 되려면 어떻게 해야 할까요? 집착으로부터 자유로워야 해요. 재물을 아무리 많이 가지고 있어도, 그 주인이 됐을 때 행복한 것이지, 노예가 됐을 땐 결코 행복할 수 없어요. 사실 나만 가지려고 애를 써도 결코 그럴 수 없는 게 재물의 속성이에요. 그런 이치를 모르고 무리하게 탐하다가 화를 자초하고, 심지어 목숨까지 잃는 경우도 있잖아요. 재물 대하기를 물처럼 해야 지혜로운 사람이에요. 소유하려 한다고 소유되지 않아요. 내 욕심만 채우려 말고 서로 나누는 삶을 살아야 해요. 행복은 소유에 있지 않고 나눔에 있는 법이에요.

어떤 분은 이런 말을 합니다. "스님, 요즘은 악해야 됩니다." 제가 완벽하진 않지만 부처님 가르침이 이러하다고 말씀드릴 수는 있어요. 진리를 설명하는 저에게, 이 세상은 선하게 살아야 한다고 말하는 저에게, 세속의 삶에 찌든 분들이 오셔서 요즘엔 악해야 된다고 저를 가르치려 합니다. 그 악함의 끝에는 재물이 있어요. 악하지 않으면 돈을 벌 수 없다는 말이겠지요. 사회 전반적으로 그런 의식이 팽배해 있어요. 그러나 어리석은 거예요. 너무나 단순하고 근시안적인 사고방식이에요. 언뜻 보면 그렇게 보일지 모르지만, 진리는 결코 그렇지 않아요. 선한 행위에는 좋은 과보가 오고, 악한 행위에는 나쁜 과보가 올 수밖에 없어요. 이것이 자연의 원리이며 삶의 이치입니다. 그런데도 불구하고 '그런 진리는 나와는 상관없다.'는 식으로 사는 분들이 의외로 많아요. 참으로 안타까운 일이에요. 장차 그 고통을 어찌 감당하려 합니까? 세상 모든 사람들이 다 악하게 살아야 한다고 우겨도, 나만은 그런 유혹에 넘어가지 말아야 해요. 아무리 재물이 최고라 해도, 마음이 재물보다 앞섭니다. 만약 나쁜 마음을 일으키면 그 행위는 고통을 수반하게 돼 있어요. 돈으로 해결될 수 있는 문제가 아니에요.

보다 넓은 시야로 세상을 바라보아야 합니다. 과거를 이어 오늘이 있고, 오늘을 이어 미래가 있습니다. 윤회(輪廻)라는 개념으로 인생을 해석할 수도 있어요. 날이면 날마다 열심히 노력해도 돈을 벌어다 놓기 무섭게 빠져나가는 분이 있는가 하면, 그냥 설렁설렁 사는데도 하는 일마다 잘 돼서 큰소리치며 사는 분도 있어요. 어떤 분은 '나는 아무리 애를 써도 안 되는 거 보니까, 어차피 안 될 사람인가 보다.'라고 포기하려는 분도 있어요. 왜 그럴까요? 원인 없는 결과는 없어요. 다 그럴만한 이유가 있는 겁니다. 도저히 내 머리로 기억하지 못할 뿐, 과거 전생에 얻어만 먹고 베풀지 않았다면 지금 갚느라 바빠서 쌓이지 않을 것이고, 과거 전생에 많이 베풀었다면 지금은 좀 수월하게 살 수 있을 겁니다. 세상에 공짜는 없어요. 그렇기 때문에 이러니저러니 흔들리지 말고, 오직 좋은 원인에는 반드시 좋은 결과가 따른다는 믿음을 가지고, 오늘부터라도 베풀고 나누면서 항상 선하게 살려고 노력하는 게 중요해요.

깨달은 사람은 자유롭습니다. 어디에도 걸림이 없어요. 재물에뿐 아니라 모든 면에서 그래요. 어떤 일을 당하더라도 그저 그러려니 하는 마음으로 대할 수 있어요. 가장 편안한 사람은 어떤 사람일까요? 마음이 출렁거리지 않는 사람이에요. 늘 평상심으로 사는 사람은 편안해요. 지혜로 비추어보면, 욕심을 일으킬 일도 없고 갈등을 일으킬 일도 없어요. 좋은 사람 만들어 좋아할 이유도 없고, 미운 사람 만들어 싫어할 이유도 없어요.

일본의 고승 중에 백은선사(白隱禪師)라는 스님이 계셨어요. 훌륭하다는 칭송이 자자했지요. 그런데 마을 처녀가 임신을 했어요. 부모는 난리가 났죠. 시집도 안 간 딸이 임신을 했으니 얼마나 놀랐겠어요? 애아버지가 누구냐고 다그치자 딸은 겁에 질려 얼떨결에 백은선사라고 했어요. 사실대로 말하면 큰일 날 거 같으니까 머리를 쓴 거예요. 그 마을에서 가장 존경받고 누구도 함부로 할 수 없는 사람은 백은선사뿐이었기 때문이죠. 부모는 선사를 찾아가 거세게 따졌습니다. 심한 욕설까지 했지만 백은 선사는 태연하게 말했어요. "아, 그렇습니까." 단 한 마디뿐이었어요. 부부는 고승으로 알려진 백은선사가 이렇게 선선히 대답하자 아이를 데려다 주었는데, 선사는 성심껏 아이를 돌봤어요. 사람들의 수군거림과 비난에도 태연하기만 했어요. 심지어 이웃집으로 젖을 얻으러 다녔다고 합니다. 그런 선사를 지켜보던 처녀는 심한 죄책감에 시달리다가, 결국 애아버지는 누구라고 실토를 했어요. 부모는 너무나도 죄송한 마음에 백은선사께 엎드려 절을 하면서 "큰스님, 그 애아버지가 스님이 아니라고 합니다." 했더니, 백은선사는 그 말을 듣고도 가볍게 한 마디만 했어요. "아, 그렇습니까." 그러고는 아이를 돌려줬다고 합니다. 이것이 걸림 없는 인생이에요. 그런데 우리는 어떠한가요? 조금만 억울해도 참지 못해 난리를 치고, 조금만 좋은 일이 생겨도 좋아 어쩔 줄 모르면서 살고 있어요. 그렇지만 큰스님들을 보면 좋아도 크게 좋아하지 않고, 슬퍼도 크게 슬퍼하지 않는 여여한 마음으로 생활하십니다. 이것이 편안함이고, 편안함은 곧 행복입니다. 행복이 멀리 있는 게 아니에요. 마음 하나 잘 쓰면 행복이 있고, 마음 하나 잘못 쓰면 고통이 있는 거예요. 마음이 이렇게 중요해요.

달마대사는 "마음이 곧 부처다. 마음 마음 마음이여, 참으로 찾기 어렵구나."라고 하셨어요. 우리는 맨날 그 마음을 가지고 살면서도 마음 찾기가 어려워요. 아니, 찾으려고 애쓰는 사람도 별로 없어요. 절에 다니는 분들도 그저 복이나 빌러 다니지, 마음 찾으러 다니는 분은 그리 많지 않은 거 같아요. 복을 구하기보다는 마음을 찾아서, 그 마음 밭에 복의 씨를 심고 가꾸는 노력을 해야 합니다. 기적을 바라고 요행을 바라고, 아무리 용한 스님을 찾아다녀도 마음을 찾지 못하면, 절 가운데 살아도 소용없어요. 선행을 하더라도 마음이 없는 선행은 의미가 없고, 아무리 경전을 많이 알아도 마음을 찾지 못하면 가치가 없어요. 법문을 수없이 들어도 헛수고예요. 그 모든 것이 다 마음 하나 찾기 위한 것임을 명심하고, 오로지 마음 닦음에 최선을 다해야 합니다.

마음이란 게 참으로 묘해서, 넓게 쓰면 우주를 다 덮고도 한 자락 남는 게 마음이지만, 좁게 쓰기 시작하면 바늘 하나도 들어갈 자리가 없다고 했어요. 우리 생활에서도 보면, 기분 좋을 때는 모든 게 다 용서되지만, 뭔가 짜증날 때는 누가 조금만 건드려도 폭발해버리잖아요. 그 마음에 속지 마세요. 마음이 옹졸하게 쓰여지는 그 순간을 잘 단속하세요. 나도 모르게 일어나는 마음을 잘 관찰해서, 좋지 않은 마음은 꾹 눌러버리세요. 그냥 눌러지지 않으면, 그걸 부처님 전에 바치세요. 관세음보살을 부르든 아미타불을 부르든 부처님 이름을 불러서라도, 그 마음을 돌릴 수 있도록 노력해야 합니다. 좁은 마음을 넓은 마음으로 바꾸려고 애를 써야 해요. 마음을 돌릴 줄 아는 사람이 지혜로운 사람이에요.

> 나는 본래 마음을 구할 뿐, 부처를 구하지 않는다.
> 내 마음이 없으면 온 우주가 텅 비어 아무것도 없음을 아나니,
> 누구든지 만약 부처가 되고 싶다면 마음만을 구할 뿐이다.
> 마음 마음 마음이여, 마음이 곧 부처이니라.
>
> 나는 본래 마음을 구하나
> 마음이란 우리 스스로가 가지고 있는 것이지
> 그 어느 곳에 따로 존재하는 것이 아니다.
> 그러므로 마음을 구하더라도 달리 마음을 알려 하지 마라.
> 부처란 마음 이외의 것에서 얻어지는 것이 아니다.
>
> –달마대사(達摩大師)

가끔 보면 절에 갔다 와서 남편하고 싸웠다는 분들이 있어요. 왜 그럴까요? 절에 다니는 걸 남편이 별로 안 좋아하는 거죠. "나만 잘 먹고 잘 살려고 기도하는 줄 아나? 우리 가족 잘 되라고 기도하고 왔다."고 항변을 해도 남편은 이해를 못 해요. "맨날 절에 다니면 뭐하냐? 별로 나아지는 것도 없는데." 그러다보면 이제 "그거 하나 이해 못 하냐?"며 다투게 된다고 합니다. 그런데 절에

오는 분이 달라져야 할까요? 아니면 안 오는 분이 달라져야 할까요? 오는 분이 달라져야죠. 가르침을 듣고 들은 만큼 달라졌을 때, 그게 효과가 나타나는 거예요. 절에 한 번 오면 온 것만큼 달라져야 하고, 두 번 오면 두 번 온 것만큼 달라져야 해요. 법문을 들으면서 달라지려고 자꾸 노력해야 합니다. 그래서 가족들이 보기에도 '많이 달라졌다.'는 생각을 하면 반대를 하겠어요? 빨리 갔다 오라고 하겠지요. 좁은 마음을 넓은 마음으로 바꾸려는 노력이 필요해요. 물론 쉽게 되지는 않아요. 처음엔 잘 안 되지만 하다보면 차차 나아지게 돼있어요.

정말 마음대로 안 되는 게 이 마음이에요. 미워하지 말아야지 하면서도, 딱 보는 순간 바로 미운 생각이 일어나요. 연애할 땐 그가 없으면 죽을 거 같아 결혼했는데, 몇 년 살다보니까 뒤통수만 봐도 미워죽겠대요. 갑자기 미워진 이유가 뭘까요? 상대에게 문제가 있는 게 아니라 본인의 마음 때문이에요. 어떤 사람이 행복한가 하면, 주변에 좋은 사람만 보이면 행복한 사람이에요. 그러나 가까이 있는 사람들이 모두 밉게 보인다면 그는 불행한 사람이죠. 지옥과 극락이 따로 있지 않아요. 좋은 사람 많은 곳이 극락이고, 미운 사람 많은 곳이 지옥이에요. 그런데 잘 생각해보세요. 좋아하는 마음과 미워하는 마음, 그 마음이 내 마음에서 일어난 겁니까? 아니면 밖에서 온 겁니까? 내 마음에서 일어난 마음이에요. 그런데도 밖을 향해 손가락질하고 밖을 향해서 원망합니다. 그럴 일이 결코 아니에요. 먼저 내 마음을 바로잡아야 해요. 어리석음에서 벗어나야 합니다.

옛날에 어떤 스님이 탁발을 나갔다가, 어느 부잣집에서 머무르게 되었어요. 그런데 그 집 머슴이 밖에 나갔다 오더니, 윗마을 박 첨지가 죽었다고 했어요. 주인이 묻기를 "그래, 그 박 첨지가 지옥에 갔는지 극락에 갔는지 알아봤느냐?" "예. 알아보니 박 첨지는 죽어서 지옥에 갔습니다." 스님은 의아하게 생각했지요. 그런데 다음날은 또, 아랫마을 김 첨지가 죽었다는 거예요. "김 첨지는 어떻게 됐는지 알아보고 오너라." 머슴이 갔다 오더니 "그 어른은 극락에 갔습니다." "음. 그렇구나. 그것 참 잘 된 일이다." 매우 신기하게 생각한 스님이 주인에게 물었어요. "죽은 사람이 지옥에 갈지 극락에 갈지는, 출가해서 오랫동안 수행한 저도 모르는데, 저 머슴이 어떻게 알 수 있는지요?" 그러자 주인은 웃으면서 이렇게 말했다고 합니다. "그야 뭐 간단합니다. 어떤 사람이 죽었는데 동네 사람들이 '아무개는 나쁜 일만 하고 남을 못살게 굴었으니 잘됐다.'고 시원해하면, 그는 지옥밖에 갈 데가 없을 겁니다. 반대로 '아무개는 남을 잘 도와주고 아주 착한 사람인데 죽어서 참 아깝다.'고 하면 그는 분명 극락에 갔을 겁니다." 극락이 멀리 있는 게 아니에요. 내가 어떤 길로 가는지는 본인 스스로가 잘 알고, 주위 사람들이 잘 알고 있다는 사실이에요. 누구에게 잘 보이려고 애쓸 이유도 없고, 그저 처해진 현실에서 선하고 바르게 살다보면 그 가운데 행복도 있고 극락도 있습니다.

무엇이 영원한 것이고 무엇이 이로운 것인지 깊이 생각해볼 필요가 있어요. 백 년도 못 사는 인생, 한 번 오면 한 빈 가는 인생이라면, 이왕이면 남는 인생을 살아야 하지 않겠어요? 그런데 재물 구하는 건 시간 아까운 줄 모르고 좇아다니면서, 나를 찾고 나를 구하는 데는 인색한 게 우리들 모습은 아닌가요? 무엇이 우선인지 생각해보세요. 있는 사람이거나 없는 사람이거나, 돈 버는 데는 참 열심이에요. 법회에 잘 오다가도 '어디 돈 되는 데 있다.' 하면 법회 안 오고 달려가는 사람들 많아요. 오히려 돈을 벌러 갔다가도 좋은 법문이 있다면 와야 하는데, 반대로 살고 있는 것이죠. 재물보다는 지혜를 우선시해야 괴로움에서 벗어나 행복할 수 있어요.

'삼 일 동안 닦은 마음은 천 년의 보배요, 백 년 동안 탐한 재물은 하루아침에 티끌'이라는 말씀이 있어요. 재물은 보장할 수 없어요. 있다가도 없고 없다가도 있는 게 재물입니다. 그러나 선행을 베풀고 마음을 닦아놓으면, 아무도 뺏을 수 없는 영원한 보배예요. 그런데도 천 년의 보배 마음 닦는 것은 인색하고, 무상한 재물만 좋아하는 게 우리네 현실이에요. 사람들이 자식에게 재산을 상속하는 것은 당연하게 여기면서도, 바른 인생을 가르치고 그 지혜를 물려주려는 분은 많지 않아요. 일주일에 한 번이나 한 달에 한 번 법문 들으러 가라고 권하는 부모는 별로 없고, 모두들 도서관 가고 학원 가는 것만 좋아해요. 공부도 좋고 성적도 중요하지만, 진리의 가르침을 만나 인생의 지혜를 배울 수 있도록 인연을 지어주세요. 그게 훨씬 더 훌륭한 상속입니다. 입으로는 마음이 중요하고 지혜가 필요하다 하면서, 정작 그 행위를 실천하는 데는 참으로 인색한게 우리들 모습이에요. 무엇이 진정 그를 행복하게 할 것인지 생각해보세요. 평생 재물을 모아서 그 재물이 나를 웃게 하던가요? 재물 때문에 행복하기도 하지만 그 자체가 행복인 건 결코 아니고, 잘못하면 오히려 화가 될 수도 있어요. 물론 재물이 없어서도 안 돼요. 당연히 있어야죠. 먹어야 하고, 입어야 하니까요. 하지만 아무리 많이 벌어놓아도, 이 육신이 없어질 때 함께 없어진다는 걸 잊지 마세요. 무상한 겁니다. 그러나 내가 닦은 선행과 마음은, 영원한 윤회를 통해서도 결코 없어지지 않고 함께하는 동반자가 될 거예요.

본인이 수행(修行)을 하려는 의지가 없는 분들이 많아요. 어디에 큰스님이 용하다 하면 손이라도 한번 잡아봤으면 하고 쫓아다니는 사람도 있어요. 큰스님 손을 수백 번 잡아봐도 마음이 되지 않는데 무슨 소용이겠어요? 아무리 영험하다 하는 부처님께 눈을 수백 번 맞춰봐도 내 마음이 진리를 담을 수 있는 그릇이 못 되면, 부처님하고 나하고는 전혀 관계가 없어요. 영험한 부처님을 만나려거든 스스로의 마음속에 있는 자성의 부처님을 찾을 줄 알아야 해요. 힘든 걸 참고 오는 잠을 쫓아가며 열심히 노력할 때, 그 결과로 진기한 열매를 딸 수 있는 겁니다.

지금 당장 손해를 본다고 결코 마음 상해하지 마세요. 지금 손해는 먼 훗날의 이익을 위한 것이에요. 남편이 손도 까닥 안 하고 나만 부려먹으면 미워하지 말고 이렇게 생각해보세요. '지금은 나를 부려먹지만 언젠가는 네가 그걸 갚아야 할 날이 있다.' 또 이렇게 생각할 수도 있어요. '먼 과거에 내가 너한테 그랬나보구나. 지금은 그걸 갚고 있는 중이다.' 이렇게 한 생각 돌이키면 화가 줄어듭니다. 마음을 바꾸세요. 세상은 돌고 돈다는 진리를 명심하고, 원인 없는 결과는 없다고 굳게 믿으면, 화낼 일이 별로 없어요. 그렇게 마음을 돌리려고 꾸준히 노력해야 합니다.

그런 마음을 닦으려면 부지런해야 해요. 주경야선이라는 말이 있어요. 낮에는 열심히 몸을 움직여 일하고, 밤에는 열심히 마음을 닦는다는 뜻이에요. 복을 지으려면 일을 해야 해요. 일을 하는 가운데 복이 생기게 돼 있습니다. 몸이 편하고자 하면 마음은 불편하고, 몸이 땀을 흘리면 마음은 청정해지기 시작해요. 노력한 만큼 세상에 당당할 수 있어요. 노력하지 않고 얻으려면 괴로움뿐입니다. 열심히 노력해서 복을 짓고, 꾸준한 정진으로 수행을 해보세요. 참선도 좋고, 염불도 좋고, 사경(寫經)도 좋고, 어느 것이든 나에게 맞는 걸로 열심히 하다보면 행복의 문은 열릴 거예요.

이런 대로 저런 대로 되어가면 가는 대로
바람이 부는 대로 물결이 치는 대로
밥이면 밥대로 죽이면 죽대로 살고
옳으면 옳고 그르면 그른 대로 보고
손님 접대는 집안 형편대로 하고
사고파는 거래는 세월대로 하고
세상만사 내 맘대로 안 돼도
그렇고 그런 세상 그런 대로 보내네.

-〈부설거사(浮雪居士) 팔죽시(八竹詩)〉

산골짜기 그 동네
190×80cm
캔버스에 아크릴 물감

바보 아닌 바보

경전을 아무리 많이 외워도
행하지 않는 사람은
남의 소를 세는 목동과 같아
참된 진리를 깨닫기 어려우니,

경전은 비록 적게 알아도
가르침을 따라 도를 행하고
간탐과 성냄과 어리석음 버리어
이승에도 저승에도 집착이 없으면
그야말로 부처님의 제자이니라.

-〈열반경〉

벌써 20년 전 이야기지만 제가 처음 출가할 때만 해도, 구인사에 건물을 짓느라고 일이 참 많았습니다. 특히 콘크리트 공사를 하는 날은 아침 6시부터 일을 시작하는데 시멘트, 모래, 자갈은 물론 물까지 전부 등짐으로 져 날라야 했어요. 그걸 삽으로 비벼 콘크리트를 치는데, 한 층을 다 하려면 하루 종일 해도 부족해서 다음날 새벽 3시, 4시까지 해야 겨우 마무리되곤했어요. 다른 작업은 멈췄다가 다시 할 수도 있지만, 콘크리트 작업은 계속 이어서 끝까지 해야지, 그렇지 않으면 반드시 문제가 생기거든요. 그때 하도 힘들어서 마음속에 별별 생각이 다 들더군요. 절에 도 닦으러 왔는데 매일 일만 시키니까 큰스님께 절을 하면서도, 도대체 도를 가르쳐주시는 분인지 노동을 시키는 분인지 의심이 들 정도였어요.

그런데 얼마 전에 우리 절에 오신 법사 스님 이야기를 들어보니, 제가 했던 일은 고생도 아니더군요. 구인사 광명당은 지금 엄청나게 큰 건물이지만, 옛날에 처음 지었을 때도 나름대로는 충청북도에서 제일 넓은 목조건물이라고 했어요. 그 넓은 광명당 터를 닦기 위해서 바위를 전부 직접 정으로 쪼아서 터를 닦았으니, 얼마나 힘들었겠어요? 그렇게 밤이고 낮이고 거의 일 년 가까운 세월을 터 닦는 일만 하니까 나중엔 정말 너무너무 힘들어서 '내가 이러려고 왔나?'싶어서 보따리 싸 가지고 가려고 했대요. 인사라도 하고 가려는 생각에 조사 스님 방으로 갔는데, 우연히 동행해서 같이 들어간 사람이 계율에 대해서 이야기를 하더랍니다. 남자 스님들은 250가지 계율을 받고, 여자 스님들은 348가지 계율을 받는데, 지켜야 할 게 너무 많다는 말씀을 드리니까 조사 스님께서는 "딱 세 가지만 지켜라. 그러면 성불할 수 있다."고 하시더래요. 스님은 그저 옆에서 듣고만 있었는데 갑자기 조사 스님이 "너도 다른 데 가서 복잡하게 도 닦지 말고, 여기서 세 가지만 잘 지켜서 성불해봐라." 그러시더래요. 속마음을 딱 알고 말씀하시니, 얼마나 놀랐겠어요? 그런데 그 말씀 한 마디에 용기가 생긴 겁니다. '까짓것 그거 세 개 못 지키랴?'싶어서 간단하게 해결하려고 그냥 눌러앉았다가 지금까지 살고 있다고 하면서 웃으셨어요. 그런데 그때 조사 스님께서 하신 말씀이 뭐냐 하면, '첫째, 자존심을 버려라. 둘째, 탐욕을 버려라. 셋째, 색심을 끊어라.' 이렇게 세 가지인데, 이게 그렇게 간단한 말씀은 아니에요. 생각하면 할수록 참으로 기막힌 말씀입니다.

우선, 자존심을 버리면 갈등이 없어요. 싸울 일이 없는 거죠. 우리 사회의 다양한 갈등도 그렇지만 사실 부부싸움도 이 자존심 때문이거든요. 자존심만 없애면 성격도 부드러워지고 누구한테 나쁘다는 소리 들을 일이 없어요. 마음도 편안합니다. 물론 상대방도 좋겠지만 먼저 나 자신이 좋아져요. 이게 극락입니다. 극락 가는 방법을 아주 간단명료하게 가르쳐주신 거예요. 최선은 다하되 자존심은 버리라는 말씀이지요. 직장 생활도 마찬가지예요. 일도 일이지만 인간관계에서 오는 어려움이 크고, 결국은 자존심 문제잖아요? 내가 남보다 낫다는 생각 때문에 '내가 왜 이런 말을 들어야 해? 왜 이런 일을 해야 해? 왜 이런 대우를 받아야 해?' 이러면서 갈등하고 괴로워하는 겁니다.

살면서 바보 소리를 좀 듣는 것도 괜찮아요. 그렇다고 사리판단을 못 하는 바보가 되라는 건 아닙니다. 몰라서 화를 안 내는 게 아니라, 옳고 그름은 다 알지만 모든 걸 이해하고 마음을 비워서, 너그럽게 포용할 줄 아는 사람이 돼라는 것이에요. 이런 바보가 된다면 성불도 할 수 있고, 이런 사람을 일컬어 도인이라고 하는 겁니다. 경전에 보면 상당히 특이한 보살님이 한 분 나오는데, 누구를 만나든지 인사하고 찬탄하면서 이렇게 말하는 거예요. "나는 그대들을 매우 공경하고, 절대로 경멸하지 않습니다. 왜냐하면 그대들은 모두 부처님이 되실 분이기 때문입니다." 무슨 경전을 읽거나 배우지도 않고 그런 인사만 하는데, 멀리서 보더라도 일부러 따라가서 똑 같은 말을 하곤

했어요. "나는 그대들을 공경합니다. 절대로 경멸하지 않습니다. 모두 부처님이 되실 분입니다." 그러면 사람들 중에 좀 성질 안 좋은 사람은 "이 무지한 사람아, 왜 그런 말을 하느냐? 그런 허망한 말은 필요 없다."고 하면서 욕설을 해도 그는 결코 화 한 번 내지 않고, 항상 똑같은 인사를 되풀이했어요. 하도 그러니까 나중엔 여러 사람이 작대기로 때리거나 돌을 던지기까지 했는데, 그래도 피해서 달아나 멀리 떨어진 곳으로 가서 또 그 말을 크게 외치곤했다고 합니다. 사람들 생각에 무척이나 바보 같아 보였겠지요. 행동도 이상하고 화낼 줄도 모르고 말이에요. 하지만 그분이 정말 아무것도 모르는 바보라서 그랬을까요? 사람들이 보지 못하는 진리를 보고, 거기에서 나오는 행동을 하기 때문에 어리석은 눈에 이상하게 보였을 뿐이에요.

그리고 두 번째, 탐욕을 버리면 괴로움도 없어져요. 마음을 확 비워서, 무엇이든 하루 세 끼 먹을 것만 있으면 된다고 생각하면 뭐가 괴롭겠어요? 옛날 보릿고개에 시달리면서 풀뿌리 캐 먹고 나무껍질 벗겨 먹던 시절에 비하면, 어쩌고저쩌고해도 그래도 요즘은 무척이나 풍요로운 생활이에요. 그럼에도 불구하고 누가 뭘 사준다 하면 꺼둘려서, 생각지도 못한 일에 휘말리는 경우도 있어요. 그래서 인생이 복잡해지는데, 그게 다 쓸데없는 욕심 때문이에요.

먹는 게 물론 중요하죠. 하지만 많이 있다고 많이 먹는 건 아니에요. 하루에 여섯 번, 일곱 번 먹을 순 없잖아요. 과하면 부족함만 못해요. 너무 먹으면 오히려 독이 돼요. 그래서 음식을 약으로 알고 받아들이는 게 수행이고, 부처님께서도 '어느 한쪽으로 치우침 없는, 바른 삶을 살라.'고 하셨어요. 이렇게만 살면 요즘 잘못된 식습관 때문에 오는 여러 가지 병들은 자연히 없어질 겁니다. 적은 것으로 만족할 줄 알아야 해요. 원하는 대로 자꾸자꾸 채워야 행복할 거 같지만, 오히려 채우면 채울수록 복잡해지는 게 우리 인생인지도 몰라요. 적은 것으로 만족할 줄 아는 지혜야말로 행복의 필수 조건이에요.

무소유라는 말은, 아무것도 소유하지 않는다는 뜻이 아니라, 집착하지 않는다는 거예요. 이런 가르침을 잘못 이해해서, 가난하게 사는 걸 미덕으로 생각하면 안 됩니다. 올바른 방법으로 열심히 노력해서 벌고 생산하되, 그 소유에 대해서 집착하지 말라는 것이에요. 나누는 것이야말로 복을 짓는 근본입니다. 우리가 이렇게 살아간다면 요즘 심각한 부익부빈익빈(富益富貧益貧) 문제도 크게 완화되고 복지 예산 문제도 해결할 수 있을 거예요. 법을 정비하고 제도를 개선하는 것도 중요하지만, 가장 중요한 건 사회 구성원들의 마음이에요. 세상을 탓하기 전에 나부터, 소유하려는 집착에서 벗어나 나눌 줄 아는 삶을 살아보세요.

종일토록 남의 보배를 세어도,
자신의 것은 반전(半錢)의 몫도 없나니
진리에 있어 수행하지 아니하면,
많이 듣는 것 또한 이와 같다네.

-〈화엄경(華嚴經)〉

옛날에 어떤 스님이 탁발을 하러 나갔는데 어린아이가 상상외로 많은 쌀을 주었어요. 아이가 줬어도 공양은 공양인데 안 가져갈 수도 없고, 너무 무거워서 어떻게 가져가야 하나 고민할 정도였는데 아버지가 쫓아나오면서 "이놈아, 그렇게 다 퍼주면 우린 뭐 먹고 살 거냐?" 막 야단을 치더니, 스님에게도 아주 모진 말을 했어요. "철없는 아이가 퍼준다고 그걸 다 가져가느냐? 알만한 스님이 어찌 이럴 수가 있느냐?"고 하면서 쌀을 도로 뺏고 조금만 주는 거였어요. 그랬더니 아이가 하는 말이 "아이고 아버지, 참 답답도 하십니다. 지금 황소 한 마리를 놓쳤습니다." "그게 무슨 소리냐?" "제가 그만큼 시주를 했으면, 스님이 다음 생에 우리 집 황소로 와서 농사를 잘 지어줄 텐데, 아버지 때문에 그걸 놓친 겁니다." 지금 베풀고 있는 건 공덕이라는 말입니다. 스님이 쌀을 가지고 가서 도를 열심히 잘 닦으면 엄청난 공덕이 돼서 우리 가문에 복으로 돌아올 것이고, 만약 도는 안 닦고 편안함만 구한다면 거저 먹은 죄 때문에 황소로 태어나 우리 집 농사를 지어줄 것이다 이 말이죠. 이게 세상사 이치입니다. 돈 좀 몇 푼 벌었다고 날마다 호의호식할 생각만 한다면 앞날이 걱정이죠. 그래서 있을 때 잘해야 해요. 베풀고 나누면서 공덕을 지어놔야 합니다.

욕심을 버리면 변화에 순응하는 삶을 살 수 있어요. 아이가 자라면 어른이 돼요. 그건 세월만 가면 돼요. 나에 대한 호칭이 시간에 따라 변하는 것이지요. 법사 스님께서 이런 말씀을 하셨어요. 어렸을 때 큰댁에 가면 할아버지가 '누구야' 하고 이름을 부르지 않고 '애기야'라고 불러주셨다고 합니다. 그런데 어느덧 나이가 칠십 가까이 되고 보니, 지금은 어딜 가도 사람들이 할아버지라고 부른다는 거예요. 어렸을 때 할아버지가 애기라고 불러주던 그 느낌이 아직도 생생하게 가슴에 남아 있는데, 지금은 자기가 할아버지가 된 거죠. 지금 스님보고 누가 '애기야'라고 부르면, 아마 미친 사람 소리를 들을 거예요. 세월이 흐르니까 호칭이 그렇게 바뀌는 겁니다. 모든 것은 변합니다. 이 세상은 세월 따라 변할 수밖에 없어요. 그런데 우리는 그 속에 살고 있으면서도 변화에 순응할 줄 몰라요. 그래서 괴로운 겁니다. 이 세상에 영원한 건 없어요. 변화를 받아들일 줄 아는 사람이 지혜로운 사람이에요. 변하지 않으려고 발버둥 칠 게 아니라, 변하는 이치를 알아서 물 흐르듯 동승할 줄 알아야 해요.

훌륭한 도인은 어떤 사람일까요? 변화에 걸림 없는 사람이에요. 변화를 두려워하지 않아요. 그런데 우리는 그 변화를 두려워해서 자꾸 거부하려고 하죠. 늙기 싫고, 병들기 싫고, 죽기 싫고, 좋은 사람과 이별하기 싫고, 미운 사람과 만나기 싫고, 재물은 늘어나기만 바라고 줄어드는 건 싫고… 그런데 그게 어디 마음대로 되던가요? 내 바람과 관계없이 세상은 변하며 흘러가고 있어요. 나의 괴로움은 세상 때문이 아니고, 변화를 거부하려는 욕심 때문이에요. 세상을 탓하지 말고 욕심을 버리세요. 그러면 자연스러운 인생, 자유롭고 행복한 인생을 살아갈 수 있어요.

그리고 세 번째, 색심(色心)을 끊어라는 말씀은 눈에 보이는 것에 휘둘리지 말라는 뜻이에요. 좋은 걸 보면 좋은 데 꺼둘리고, 싫은 걸 보면 싫은 데 꺼둘리는 마음이 있는 한, 번뇌로부터 벗어날 수는 없어요. 그래서 이런 색심으로부터 자유로운 삶을 살라는 것이에요. 이 세 가지 말씀을 분석해보면 여기에 250가지 계율이 들어 있고, 348가지 계율이 다 들어 있어요. 이걸 실천하려면 어떻게 해야 할까요? 수행을 해야 합니다. 진리의 가르침을 귀로 듣기만 하면 될까요? 아니에요. 가슴으로 받아들여 내 것으로 만들어야 행동으로 옮길 수 있어요. 그래서 가르침을 들을 때는 마음에 새겨 뼈가 되고 살이 되도록 해야 합니다.

가르침을 듣는 데 있어서 스승이 아주 중요해요. 진리를 잘 아는 훌륭한 스승을 만나야 합니다. 절에 다니면서도 "어딜 가니까 밥이 맛있더라, 어딜 가니까 친절하더라, 서비스가 좋더라." "어느 절에 갔더니 스님이 너무 바빠서 내가 왔는지 안 왔는지도 모르더라, 어느 절에 갔더니 스님이 나만 쳐다봐줘서 좋더라." 하면서 절을 고르는 분들이 있어요. 진리를 배우고 마음을 고치러 다니는 게 아니라, 친목계 정도로 여기는 것은 아닌지 걱정됩니다. 절이 크고 작음을 논하지 말고, 이러니저러니 해도 신경 쓰지 말고, 진리를 설하는 스승을 찾아야 해요.

그런데 스승을 옆에 두고도 가르침을 청하지 않아서, 괴로운 그대로 살아가는 사람들도 있어요. 참으로 안타까워요. '스님, 이게 궁금합니다.' 한 마디만 하면 그냥 해결할 수 있는데도 평생을 지고 가는 거예요. 약을 두고도 안 먹는 격이에요. 약이라는 사실을 모르기 때문이죠. 지금은 비록 어리석음에 빠져 이렇게 괴로움 속에 살지만, 나는 부처를 이룰 수 있는 존재입니다. 단지 때가 묻어 있을 뿐, 나의 성품은 여전히 맑고 밝은 부처의 성품 그대로라는 사실을 잊지 말고, 지혜의 눈을 뜨려고 노력해야 해요. 스승이 희망을 줄 것이며, 길을 보여줄 것입니다.

그리고 바른 가르침을 들어야 해요. 삿된 가르침에 현혹되면 안 됩니다. 어떤 게 삿된 가르침일까요? 마치 거저 될 것처럼 하는 말은 일단 의심해봐야 해요. 본인 스스로 노력해야 얻을 수 있다고 가르치는 것만이 정법일 수 있어요. 밥을 먹어도 내가 먹어야 내 배가 부른 거지 다른 방법은 없어요. 고려 시대 고승 지눌 스님에게 누님이 한 분 계셨어요. 그런데 "내게는 부처님처럼 훌륭한 아우가 있는데 무슨 걱정인가? 아우가 나 하나쯤 좋은 데로 못 보내 주려고?" 하면서, 도통 수행을 하려 들지 않았다고 해요. 어느 날 누님이 절에 오는 것을 미리 알고 스님은 진수성찬을 가득 차려놓았어요. 누님이 들어오자 스님은 한번 힐끔 쳐다보고는, 혼자서 음식을 다 먹고 상을 물렸어요. 전에 없던 일이었죠. 누님은 섭섭하고 노여웠어요. "자네, 오늘 왜 이러나? 몇 십리를 걸어온 사람에게 먹어보라는 말 한 마디 없으니 이럴 수가 있는가?" 그러자 스님은 정색을 하고 말했어요. "아니 누님, 제가 이렇게 배가 부르도록 먹었는데, 누님은 배가 부르지 않으십니까?" 그러자 화가 더 났죠. "자네가 먹었는데 어찌 내 배가 부르단 말인가?" 그때 스님은 이렇게 말씀하셨다고 합니다. "그렇습니다. 제가 음식을 먹어도 누님 배가 부르지 않는 것처럼, 죽음도 대신하지 못하고 극락도 대리 극락이란 있을 수 없습니다. 직접 수행하지 않으면 아무것도 없습니다." 지금 우리도 마찬가지예요. 스스로 할 수밖에 없어요.

그런데 들어보면 대개 삿된 가르침이 그럴듯해요. 얼마 전에 제가 허리가 아파서 여기저기 치료를 받으러 다닌 적이 있는데, 가는 곳마다 모두 자기네가 최고라는 거예요. 이쪽에 가면 이쪽 말이 맞는 거 같고 저쪽에 가면 저쪽 말이 맞는 거 같고, 귀는 솔깃한데 판단하기는 어렵더군요. 그래서 말만 믿고 맡겼더니 차도는 없는데 몸만 망가지는 거 같고, 잘못하면 심각한 결과를 만들겠다는 생각이 들어서 범췄어요. 너무 쉽게 하려는 생각 때문에 일을 그르치는 경우가 많아요. 몸의 상처도 아플 만큼 아파야 치료가 되는 것이에요. 그것이 어떻게 하루아침에 뚝딱 해결되길 바라겠어요? 우리네 인생도 그래요. 순리를 거스를 수는 없어요. 그렇기 때문에 너무 쉽게 해결하려고 욕심내지 말라는 겁니다. 그런 욕심의 틈으로 삿된 가르침이 스며드는 거예요. 기적을 찾아 헤매는 사람들도 있지만, 기적을 찾지 말고 원리를 찾아야 해요. 콩 심으면 콩 나고, 팥 심으면 팥 난다는 원리를 찾아서 열심히 배워야 합니다.

가르침을 들었으면 그 가르침대로 살아야 해요. 머리로만 알아선 소용없고, 온몸으로 체득해서 내 것으로 만들고 행동으로 실천해야 합니다. 아무리 훌륭한 가르침도 생활에 적용하지 못한다면 아무런 가치가 없어요. 절에 20년을 다니고 30년을 다녔어도 내 마음에 변화가 없다면, 남의 목장의 소를 세는 것과 다르지 않아요. 옛날에 소를 먹이며 돌보는 사람이 있었는데 자기 소는 내버려두고 날마다 남의 소만 헤아리면서, 마치 자기 것처럼 생각했다고 해요. 자기 집 소는 굶주리고 병들어 날이 갈수록 뼈만 앙상하게 야위어가는데도 끝내 돌보지 않았어요. 마침내 자기 집 소가 쓰러져 죽었을 때, 비로소 잘못인 줄 알고 돌보려 했지만 죽은 소가 살아날 리는 없었습니다. 가르침을 배우는 것 또한 마찬가지예요. 좋은 말을 많이 듣고, 좋은 말을 많이 한다고 해서 내 것은 아니에요. 하나라도 확실하게 이해하고 실천해야 뼈가 되고 살이 되는 것이지, 그렇지 못하면 모두 남의 집 살림살이일 뿐이에요.

세존이시여,
저는 마치 저 대지와도 같아서
어느 누가 꽃다발을 바친다고 즐거워하지도 않으며
혹은 대소변이나 쓰레기를 쌓아놓는다고
불쾌하지도 않습니다.
또한 저는 출입문 앞에 놓인 흙떨이개와 같아서
거지가 밟거나 뿔이 부러진 황소가 밟거나
개의치 않습니다.

–사리불 존자(舍利佛 尊者)

달맞이꽃
80×45cm
캔버스에 아크릴 물감

머무는 곳에 주인이 되면

기쁨과 자비 안에 거하라,
설령 증오하는 원수들과 함께 있을지라도.
기쁨과 강건함 안에 거하라,
설령 병든 몸과 함께 있을지라도.
기쁨과 평화 안에 거하라,
설령 세상이 어지러울지라도.
항상 자신의 내면을 들여다보고 온유함에 거하라.
두려움과 집착을 벗어던질 때,
진리가 그대와 함께 하리라.

—붓다

누구든지 잘 살고싶어 합니다. 그런데 과연 어떻게 사는 게 잘 사는 걸까요? 물질적으로 풍요로우면 잘 사는 걸까요? 대부분 그렇게 생각할지 모르지만, 부처님은 아니라고 하셨어요. 세상은 놀라울 정도로 물질적인 풍요를 이뤄냈지만 사회의 실상을 보면, 우울증은 많아졌고 이혼율은 높아졌으며 자살하는 사람도 늘어나고 있어요. 이것을 어떻게 잘 산다고 할 수 있겠어요? 그래서 물질적인 풍요가 행복을 보장할 거라는 생각은 막연한 착각일 뿐이에요. 요즘 결혼하는 사람들 보면 사랑보다도 경제적인 조건을 우선시하는 경향이 있는데 대단히 위험한 생각이에요. 그런 어리석은 욕심이 불행한 사태를 만들어내는 거예요. 돈이면 다 된다고 말하는 사람도 있지만, 행복은 돈으로 살 수 없어요.

그래서 잘 산다고 하는 것의 기준은 물질적 풍요가 아니에요. 그럼 무엇일까요? 그것은 인간적인 관계라고 말할 수 있어요. 서로 공감할 수 있는 영역이 넓으면 넓을수록 행복한 사람이기 때문이에요. 한 달에 백만 원을 벌어도 행복한 사람이 있어요. 누가 봐도 그건 부족한 금액이지만, 마음이 넉넉한 사람에겐 그렇지 않아요. 갖다 주는 남편은 '적게 줘서 미안하다.'는 마음이 가득하고, 받아 쓰는 아내는 '이게 얼마나 고생해서 벌어온 돈인데…' 하면서 금쪽같이 생각하고, 정말 규모 있게 쓰려고 애쓰는 분들이 있어요. 이렇게 서로 배려하고 감사하면서 사는 것이야말로 정말 잘 산다고 할 수 있는 겁니다.

절에 와서 부처님 가피만 바랄 게 아니라, 스스로의 마음을 부처님 마음으로 바꿔가려고 노력해야 해요. 현실을 탓하거나 처지를 비관하기보다는, 있는 그대로의 여건을 잘 활용하는 지혜가 있어야 합니다. 그런데 이걸 잘못 이해해서 '아, 불교는 그냥 있는 대로만 살라는 소극적인 가르침이구나.'라고 생각하면 안 돼요. 있는 그대로 받아들이되 최선을 다하라는 거예요. 긍정적인 마음으로 최선을 다해 일하는 것, 이것이 바로 업장을 소멸하는 행위이고, 복이 되는 행위입니다. 복은 나눔을 통해서만 만들어진다고 생각하기 쉽지만 그렇지는 않아요. 가진 게 있어야 나눌 수 있지, 가진 게 전혀 없으면 무엇을 나누겠어요? 그래서 열심히 일하는 게 복의 기초를 이루는 겁니다.

우리는 은근히 상대의 진심을 확인하고싶어해요. 하지만 그런 나는 과연 상대에게 어떤 마음으로 대하고 있는지를 먼저 살펴보아야 해요. 상대를 점검하는 것보다 중요한 건, 나 자신을 점검하는 겁니다. 자기 점검을 통해서 행위를 바꿔가야 해요. 우리는 너무나도 자기중심적인 생각에 취해 있어요. 여기에서 모든 문제들이 비롯되기 때문에, 끊임없는 자기 점검을 통해서 그 어리석은 마음을 비워내야 해요. 생각 하나 하더라도 자꾸 나 중심으로 좁아지는 마음을 돌려서 넓은 마음이 되도록 노력해야 합니다. 이런 마음에서 긍정적인 생각이 나올 수 있어요.

인생을 살다보면 별별 일을 다 겪게 돼요. 좋은 일도 있지만 나쁜 일도 있고, 즐거운 일도 있지만 고통스런 일도 있어요. 특히 고통스러운 상황에 직면했을 때, 우리는 돌파구를 찾기 위해 애를 씁니다. 막다른 골목 같은 절망으로 포기하고 싶을 때도 있어요. 그렇다고 해서 누가 대신 해결해줄 수 있는 것도 아니에요. 이럴 때가 바로 긍정의 힘이 필요한 순간인데, 그런 지혜를 열 가지로 설명하고 있는 보왕삼매론(寶王三昧論)에 이런 말씀이 있어요. '몸에 병 없기를 바라지 마라. 몸에 병이 없으면 탐욕이 생기기 쉽나니, 그래서 성인이 말씀하시되, 병고로써 양약을 삼으라 하셨느니라.' 왜 병 없기를 바라지 말라고 할까요? 우린 이미 병자이기 때문이에요. 아마 이렇게 말씀하는 분도 있을 거예요. "스님, 무슨 말씀이세요? 저는 건강합니다. 전 아프지 않아요." 그러나 세상에 괴롭지 않은 사람은 없어요. 그래서 우리는 병자예요. 육신이 아픈 것도 병이지만, 마음이 아픈 게 더 큰 병입니다. 우리는 모두 고통과 더불어 함께하는 존재예요. 문제는 고통 속에 살고 있으면서도, 고통이라 느끼지 못하는 게 문제예요. 고통이라 느끼면 벗어나려고 애를 쓰겠지만, 느끼지도 못하면 벗어날 희망조차 없어요. 이게 가장 큰 어리석음이에요. 팔을 꼬집으면 아픕니다. 아프다는 건 행복한 거예요. 꼬집어도 통증을 느끼지 못하면 정말 심각한 거예요. 병원에 가보면, 신경이 죽어서 전혀 느끼지 못하는 사람도 있어요. 그래서 통증을 느끼면서도 행복해하는 사람을 많이 봤어요. 마비가 됐던 사람이 신경이 막 살아나오면서 아파죽겠는데도 너무너무 행복해해요. 살아난다는 거예요.

마음 아프지 않기를 바라지 마세요. 마음이 아픈 것도 모르면 중생의 허물을 벗을 수 없어요. 대부분의 사람들이 돈만 쫓아다니는 세상에 태어나, 이렇게 진리를 그리워하고 지혜를 가까이 한다는 건, 그 자체만으로도 대단한 일이에요. 만일 아무런 근심도 없고 마음에 고통이 없었다면 과연 그런 마음을 내었겠는가 생각해 보세요. 아마도 아닐 겁니다. 그래서 고통은 나쁜 게 아니라, 더 나은 삶을 위해 변화할 수 있는 기회이기 때문에, 오히려 필요한 것이며 감사한 것임을 알아야 해요.

항상 새벽처럼 깨어있으라.
부지런히 노력하는 것을 즐겨라.
자기의 마음을 지켜라.

자기를 위험한 곳에서 구출하라.
진흙에 빠진 코끼리가 자신을 끌어내듯.

–〈법구경〉

저는 어렸을 때, 아버지 어머니가 원망스러웠어요. 좀 부잣집 아들로 태어났으면 얼마나 좋았을까. 우리 집은 가난해서 넉넉하게 키워주지도 않고, 그렇다고 남들처럼 키가 크거나 얼굴을 잘생기게 만들어준 것도 아니고… 이것도 맘에 안 들고 저것도 맘에 안 들고, 삶이 항상 불만스러웠어요. 그래서 누가 알아주지도 않는 인상을 날마다 쓰며 살았어요. 가끔 어머니에게 투정처럼, 나를 왜 낳으셨냐고 그런 적도 있어요. 그래도 어머니는 저를 훌륭한 사람 되라고, 참 극진히도 위해 주셨어요. 그때 학교까지 8킬로미터 정도의 비포장 길을 자전거로 다녔는데, 사실 그 정도면 호강이에요. 예전에 선배들은 걸어다녔으니까요. 그런데 갈 때는 내리막이라서 편안하게 잘 굴러가 좋은데, 올 때는 비탈길을 밟고 올라오려면 정말 힘들고 짜증나고 그랬어요. 게다가 바람이 역풍으로 불면, 페달을 아무리 밟아도 자전거는 좀처럼 안 나가요. 그렇게 한 시간 이상을 오면 온몸에 진이 빠져요. 그런데 집 근처 1킬로미터부터는 경사가 심해서, 자전거를 타지도 못하고 끌고 올라가야 했어요. 어머니는 늘 거기까지 마중을 나와 저를 기다리셨어요. 그리고 책가방을 싣고 오는 제 자전거를

동백
90.9×60.6cm
캔버스에 혼합 재료

뒤에서 밀어주셨어요. 그러면 당연히 어머니에게 고맙다는 말씀을 드려야 하는데도 불구하고, 저는 그런 말을 한 적이 없어요. 거의 투덜댔어요. '이왕 낳을 바엔 좀 부잣집에 낳아놓든가, 이왕이면 좀 힘이나 세게 낳아놓지…' 하면서 여러 가지 불만을 내뱉었어요. 무척이나 듣기 싫으셨을 텐데, 어머니는 듣다 말고 이렇게 말씀하곤 하셨어요. "그럴 줄 알았으면 물어보고 낳는 건데 그냥 낳았구나." 지금 생각해보면 너무나도 죄송한 마음뿐이지만 그때는 어리석은 생각에, 그 정도로 어머니 아버지 원망을 많이 했어요.

그런데 지금 가만히 생각해보면, 제가 만약 부잣집에서 부족한 거 없이 자랐다면 오히려 아쉬운 부분도 있을 거 같아요. 그때 많은 생각을 하고, 많은 것을 경험하고, 많은 부분을 고뇌했기 때문에 지금 그나마 할 말이 좀 있는 게 아닌가 생각합니다. 또 부자로 태어난들 뭐하겠어요? 모두 덧없는 일이지요. 이 세상에 영원한 건 없어요. 모든 건 다 일시적인 거에요. 부자라고 영원한 부자도 아니고, 가난하다고 영원한 가난도 아니에요. 잘난 사람이라고 영원히 잘난 것도 아니잖아요. 좀 부족한 사람은 세월이 가도 별로 표가 안 나요. 꽃도 장미가 망가지면 더 보기 안 좋아요. 들꽃은 처음에도 별로이지만 나중에 시들어도 그저 들꽃일 뿐이에요. 알고 보면 우리네 삶은 모두 거기서 거기에요. 그래서 돌이켜보면 '내 삶이 조금은 부족했기 때문에, 오히려 현실에 더 만족할 줄 아는 게 아닐까.' 생각합니다. 그리고 그 어려움과 번민 때문에 진리의 길을 선택할 수 있었던 것이죠. 만약 부유하게 태어났으면 지금쯤 뭘 하고 있겠어요? 출가해서 수행을 하고 있을까요? 아마 여기저기 놀러 다니느라 정신없을 거예요. 그러면 물질적으로는 풍족할지 몰라도, 그 마음은 얼마나 허할까 생각해봅니다. 그래서 결국은 예전에 그 아픔이 오히려 좋은 양약이 된 것이죠.

그리고 보왕삼매론에 이런 말씀도 있어요. '세상살이에 곤란함 없기를 바라지 마라. 세상살이에 곤란함이 없으면 업신여기는 마음과 사치한 마음이 생기나니, 그래서 성인이 말씀하시되, 근심과 곤란으로써 세상을 살아가라 하셨느니라.' 세상을 살아가는 데 어떻게 곤란함이 없겠어요? 내가 곤란함을 겪어보지 않으면, 남을 업신여기는 경우가 많습니다. 상대의 곤란이 미래에는 나에게 다가올 수도 있고, 나의 곤란이 상대에게 나타날 수도 있어요. 좀 살아보니까 정말 가는 곳마다 가시밭길인 게 인생이에요. 저는 출가만 하면 탄탄대로일 줄 알았어요. '도를 한 번 이뤄보자. 이 세상에 가장 깨끗한 존재로 살아보자.' 그런 목표로 출가했는데, 아무것도 모를 땐 차라리 좋았어요. '이렇게 살면 도가 되겠지.' 하는 마음뿐이었어요. 그런데 시간이 흐를수록 이런

저런 괴로움이 오더군요. 일반적인 사회생활에서도 진실이 통하지 않는 경우가 있잖아요? 분명히 상대를 도와주려는 생각이었는데, 상대는 그걸 있는 그대로 받아주지 않고 엉뚱한 방향으로 꼬아서, 의도하지 않는 결과로 나타나 가슴 아픈 경우가 많아요. 이건 직장에서도 그렇고, 친구하고도 그렇고, 이웃과의 관계에서도 그래요. 가정에서도 마찬가지죠.

이렇게 세상은 모순투성이에요. 그래서 우리는 수행을 해야 해요. 아무것도 아닌 걸 가지고 오해를 해서 이별을 하거나, 상처를 주는 경우가 많아요. 그런 세상이 아닌 진실이 통하는 세상에 살고 싶은 게 모든 사람의 바람일 거예요. 가끔 뉴스에 보면 좌절을 이기지 못하고 스스로 목숨을 끊는 사람들이 있어요. 왜 죽겠어요? 진실이 안 통하니까 그런 극단적인 선택을 하는 거예요. 그런데 그런다고 해서 진실이 통할까요? 더 안 통하는 세상으로 갈 수가 있어요. 진실이 안 통해서 너무너무 답답하거든 기도를 하세요. 세상을 바꾸려 하지 말고 내 마음을 바꿔야 해요. 기도와 수행에 길이 있습니다.

우리 마음은 이기적인 생각들로 꽉 차 있어요. 나를 위한 욕심과 자만이죠. 내 생각만 옳다는 고집이에요. 이런 잘못된 생각을 비워야 해요. 그리고 지식도 비워야 해요. 지식과 지혜는 달라요. 지식은 머리로 아는 거지만, 지혜는 그 이상이에요. 사회에서는 많이 아는 사람을 훌륭하다 하고 아니면 무식하다 하지만, 진리는 지식을 통해서는 이해되지 않아요. 오히려 방해가 돼요. 그래서 진리를 추구하는 수행의 목표는 하나예요. 모든 잘못된 관념과 쓸데없는 지식을 말끔히 비워서, 잡초가 없는 청정한 마음으로 만드는 거예요. 그래서 어디에도 흔들리지 않는 안정을 이루는 것이죠. 안정은 무척 중요해요. 집을 지을 때도 터가 흔들리면 집을 지을 수 없듯이 마음도 마찬가지예요. 마음이 일렁거리면 거기서 얻을 수 있는 건 아무것도 없어요. 그래서 어떤 경우에도 흔들리지 않는 안정된 마음, 청정한 마음을 만들기 위해 노력해야 합니다.

흔히 번뇌를 없애야 한다고 말하는데, 번뇌가 무얼까요? 우리는 눈으로 보고, 귀로 듣고, 코로 냄새 맡고, 입으로 맛보고, 몸으로 느끼고, 마음으로 생각하며 살아가고 있어요. 그런데 눈만 있다고 보는 건 아니에요. 어떤 사물이 있어야 해요. 또 귀는 소리가 있어야 듣고, 코는 향기가 있어야 맡아요. 나머지 입과 몸, 마음도 그 대상이 있어야 하죠. 이렇게 여섯 가지 감각기관과 여섯 가지 대상들이 서로 만나 갖가지 느낌과 생각을 만들어내요. 이것을 번뇌라고 하는 거예요. 번뇌는 곧 괴로움의 원인이기 때문에 비워야 하는 것이지요. 살아있는 한, 보고 듣고 느끼는 작용들이 분명히 일어나고는 있지만, 들어도 휘둘리지 않고 보아도 꺼둘리지 않는 유유자적한 마음이 돼야 비로소 편안하게 살아갈 수 있어요.

그렇게 안정된 마음으로 닦아가는 게 수행이에요. 화두(話頭)를 들고 참선을 해도 되고, 염불을 해도 되고, 사경을 해도 돼요. 나한테 맞는 걸 하나 선택해서, 마음을 비워가는 노력을 꾸준히 해보세요. 그중에서 누구나 쉽게 할 수 있는 염불 수행을 말씀드리면 이러합니다. 아미타불(阿彌陀佛)을 부르든 관세음보살(觀世音菩薩)을 부르든 그 이름을 부르는데 중요한 건, 부르는 데 목적이 있는 게 아니라 그 소리를 집중해서 듣는 거예요. 내 입으로 부르는 관세음보살 소리를 내 귀로 들어보세요. 자꾸 잡념이 끼어들지만 신경 쓰지 말고, 오직 그 소리만 들으려고 노력하면 점점 더 집중이 돼갑니다. 그렇게 몰입해 들어가면 나중에는 내가 부르는 소리까지 끊어져요. 염불 소리가 안 들리는 거예요. 이것을 삼매라고 해요. 아주 순수한 본래 마음자리로 들어가는 것이지요. 하여간에 수행의 방법은 여러 가지가 있는데, 획일적으로 어떤 게 좋다 아니다 구분할 수는 없어요. 하면 되는 거고, 안 하면 안 되는 거예요. 그런데 요즘 보면, 해보지도 않고 왈가왈부하는 경우가 많은데 시간 낭비일 뿐이에요. 실천이 중요한 것이고 집중이 중요한 것이니까요.

세상에 곤란함 없기를 바라지 말라는 말씀을 잘 새겨들어야 해요. 그 곤란함이 없으려면 먼저 내 마음이 부처님 마음처럼 청정해야 해요. 그러니까 아직 부처가 못 되고 중생으로 태어났으면, 곤란함을 당연히 받아들여야 해요. 억지로 편안함을 얻으려 말고, 편안할 수 있는 조건을 만들어가야 합니다. 육신이 고달프면 마음은 향기가 나지만, 육신이 편안하면 마음에 이끼가 끼는 법이에요. 지나고 보면 개운치가 않아요. 수고를 아끼지 마세요. 열심히 땀 흘리고 난 후에 저녁은 얼마나 마음이 그득합니까? 그래서 부지런하고 성실하게, 하루하루 열심히 살아가는 주인 의식이 필요해요. 피하려고 하면 곤란함은 더욱 고통스러워지지만, 당당하게 임하면 곤란함조차 훌륭한 보약이 될 수 있어요.

구인사로 출가했을 때 처음에 일이 너무 힘들었어요. 그래서 어느 날 큰스님께 말씀드리기를 "저는 도 닦으러 왔지, 일하러 온 게 아닙니다."라고 했더니, "나는 언제나 도를 닦으라고 했지, 일하라고 한 적 없다." 그러시는 겁니다. 충격이었어요. 분명히 일만 시키셨는데 무슨 말씀인가 의아하게 생각했죠. 그런데 삼년 행자 시절을 마무리하면서 생각해보니, 역시 저는 일만 했지 수행은 못 했더군요. 그 말씀의 의미를 뒤늦게 깨달았어요. 수행이 뭐라고 생각하세요? 마음을 바꾸는 게 수행이에요. 일을 일로 받아들이면 일밖에 안 되는 겁니다. 일을 수행으로 받아들여야 해요. 어떤 일이든 당연하게 받아들여 기쁘게 하면 공덕이 되고 복이 될 수 있어요. 집에서도 그렇고 직장에서도 마찬가지예요. 어디서 무엇을 하든 주인처럼 하세요. 그러다보면 주인이 될 수 있어요. 가는 곳마다 객으로 머무는 사람은, 영원한 객일 수밖에 없어요. 집에서 청소를 하더라도 그냥 하지 마세요. 가족 부처님을 위해서 한다는 생각으로 즐겁게 하세요. 치워도 치워도 계속 어지른다고 짜증내면서 해봤자 나만 손해예요. 회사 일도 위에서 시키니까 한다는 생각으로 하면 재미없어요. 우리 마음이 그렇잖아요. 알아서 할 때는 잘 하다가도, 누가 시키면 갑자기 하기 싫어져요. 똑같은 일도 자발적으로 하면 즐겁지만, 억지로 하면 괴로워요. 시키든 말든 내가 할 일은 내가 아니면 안 된다는 주인 의식으로, 그냥 열심히 하면 돼요. 머무는 곳에 주인이 되세요. 누가 알아주지 않아도 실망하거나 포기하지 말고, 주인답게 나는 최선을 다할 뿐이에요. 그러면 복은 저절로 오게 돼 있어요.

보되 집착하지 않는 공부를 하고
듣되 집착하지 않는 공부를 하고
냄새 맡되 집착하지 않는 공부를 하고
맛보되 집착하지 않는 공부를 하고

촉감을 느끼되 집착하지 않는 공부를 하고
생각하되 집착하지 않는 공부를 하라.

–서산대사(西山大師)

제가 아는 사람 중에 대단히 유능한 분이 있었는데, 처음에는 윗사람하고 관계가 참 좋았고 일도 아주 열심히 했어요. 그런데 살다보면 진실이 안 통할 때도 있어요. 정말 진실한 마음으로 열심히 했는데 오해를 받기도 해요. 그분이 그런 경우를 당한 거예요. 윗사람이 인정하지 않는 순간, 그는 포기해버렸어요. '저 사람이 나를 저렇게 생각하는데, 까짓것 대충 하지 뭐.' 결국 그는 아무도 인정하지 않는 낙오자가 돼버렸어요. 그런가 하면, 또 다른 사람은 비슷한 경우를 당했는데도, 윗사람이 알아주든 안 알아주든 묵묵히 맡은 일에 최선을 다했어요. 윗사람은 외면했지만 주변 사람들이 모두 그의 성실함을 인정했어요. 그는 진실한 사람이라고 이구동성으로 말했어요. 윗사람에게 잘 보이려던 사람은 스스로 포기해버렸지만, 오직 처한 현실에서 최선을 다한 그는 최고 경영자의 자리까지 올랐습니다. 이와 비슷한 일은 우리 생활에 많이 있어요.

부처님이 깨달음을 얻었을 때 나이가 겨우 서른다섯이었고, 수행기간은 겨우 육 년이었어요. 어떻게 그렇게 짧은 시간에 그토록 위대한 깨달음이 가능했을까요? 경전에 보면 이번 생만 아니라 수많은 전생을 이야기하는데, 부처님은 이미 아주아주 오래전 전생부터 헤아릴 수 없이 기나긴 세월 동안 수많은 덕행과 수행을 실천해 왔던 거예요. 그 내용을 보면 하나같이 머무는 곳에서 주인 역할을 충실히 했어요. 어떤 때는 왕의 모습으로 최선을 다했고, 어떤 때는 하인의 모습으로 최선을 다했고, 때로는 동물의 모습으로 살면서도 최선을 다했어요. 삶을 길게 보아야 합니다. 우리는 백 년도 못 되는 삶을 살다 가는, 그런 일시적인 존재가 아녜요. 삶이라고 하는 것은 태어남과 죽음을 모두 포함하는 영원한 진행형이에요. 현재의 모습이 없어진다고 아주 없어지는 게 아니고, 또다시 새로운 모습으로 이어진다는 걸 알아야 해요. 이걸 윤회라고 합니다.

그렇게 길고 넓은 시야로, 보다 나은 내일을 위해 노력하는 사람이 지혜로운 사람이에요. 현재에 안주하면 미래가 없어요. 지금 처한 현실이 비록 병자의 모습이고 곤란에 직면했다 하더라도 그냥 주저앉을 게 아니라, 보다 나은 방향으로 노력해야 해요. 희망을 버리지 마세요. 어떻게 하면 될까요? 부정적인 생각에서 벗어나 긍정적인 마음으로, 처해진 상황에 주인이 되세요. 보왕삼매론의 지혜처럼, 병 없기를 바라지 말고 고통 없기를 바라지 말고, 그 어떤 시련과 어려움이 닥쳐오더라도 '나를 성숙시키는 약이다.' 생각하고 기꺼이 받아들이세요. 이런 긍정의 힘이 당신을 주인으로 만들어줍니다. 휘둘리지 않고 안정된 마음으로 늘 편안한 인생, 행복한 인생을 살 수 있어요.

오늘만이 아니라 먼 옛날부터
비방만 받는 사람 이제까지 없었고
칭찬만 받는 사람 이제까지 없었고
지금도 없으며 앞으로도 없을 것이다.

칭찬도 비방도 속절없나니
모두가 제 이름과 이익을 위한 것일 뿐이다.
나의 심지(心地)를 굳건히 하라.

–〈법구경〉

동백 · 116.8x72.7cm · 캔버스에 아크릴 물감

4장

새로워지는 나

고요
90×50cm
캔버스에 아크릴 물감

된다고
생각하면 된다

들음(聞), 그것은 용을 먹는 금시조(金翅鳥)이어서
위세와 무력이 강한 것이며
들음, 그것은 움직이는 보배 창고이어서
가는 곳마다 이익되게 하여주나니,

들음, 그것은 커다란 교량(橋梁),
여러 가지 괴로움 건네주고
들음, 그것은 큰 배의 사공이어서
나고 죽음의 바다를 건네주느니라.

—〈현우경(賢愚經)〉

부처님을 한번 만나보고 싶지 않으세요? 불자라면 누구나 부처님을 만나고싶어 할 겁니다. 또 교회 다니는 분들은 하느님을 만나고 싶겠지요. 그런데 부처님이 오시면 어떤 모습으로 오실까요? 알아야 만날 수 있을 텐데 만나고는 싶어 하면서도, 어떤 모습으로 오실지 이해하는 사람은 별로 없어요. 법당에 앉아 계신 불상(佛像)의 모습으로 오실까요? 그런 형상으로 생각하는 경우가 많지만, 과연 석가모니 부처님이 그렇게 생기셨을까요? 나라마다 불상이 다 같은가 하면 그렇지 않아요. 인도에 가면 인도 불상이 다르고, 중국에 가면 중국 불상이 다르고, 스리랑카, 미얀마 등 나라마다 그 모습이 달라요. 왜 그럴까요? 불상은 사람들이 생각하는 이상적인 모습을 염두에 두고 만들었기 때문이에요. 예를 들어 부처님 귀를 크게 만드는 것은, 귀가 큰 사람은 복이 많다는 생각이 반영된 것이에요. 물론 경전의 설명을 근거로 해서 만들지만, 아무래도 나라마다 문화와 정서가 다르기 때문에 다를 수밖에 없지요.

그리고 사람들이 원하는 부처님도 제각기 다를 겁니다. 몹시 배고픈 사람이 원하는 부처님은 어떤 분일까요? 밥을 주는 부처님을 만나고싶어 할 거예요. 병이 들어서 고통받는 환자에게 부처님은 어떤 분일까요? 지금 당장 병을 고치는 약을 줄 수 있는 부처님을 원하겠지요. 그래서 부처님은 똑 떨어지게 어느 하나의 형태일 수가 없어요.

또 부처님은 때에 따라서도 달라질 수 있어요. 배고픈 사람에게 문화는 필요 없어요. 소위 문화라는 것은 편리함과 아름다움이 섞여있는 것인데, 지금 당장 배고파죽겠다는 사람에게 밥그릇이 예뻐야 할 이유가 있을까요? 입에 밥만 넣어주면 그걸로 충분히 행복할 수 있어요. 그러나 돈이 엄청나게 많고 먹을 게 지천이면 그릇도 예뻐야 하고, 밥도 기름져야 하고, 식탁에 꽃도 꽂아야 하고, 시중드는 사람도 아름다워야 해요. 그래서 부처님을 만난다는 것은, 어떤 일정한 모습의 부처님을 만나는 게 아니고, 내 입장에 따라 부처님의 모습은 달라질 수밖에 없어요.

그런데 문제는 부처님을 만나고싶어 하면서도, 그 부처님을 받아들일 수 있는 마음이 돼있지 않다는 것이에요. 일마다 불공드리듯 하면, 곳곳에 부처님이 계신다고 했습니다. 진리의 눈으로 보면 주변에 부처님이 많고 많은데, 옆에 부처님이 있어도 몰라봐요. 부처님을 받아들일 수 있는 마음 그릇이 돼있지 않아서, 부처님을 보고도 모르는 게 우리의 현실입니다.

옛날에 어떤 큰 부자가 문수보살(文殊菩薩)의 지혜를 얻고 싶었어요. 그래서 높다랗게 자리를 마련하고, 그 위에 문수보살이 나타나주길 바라면서 한량없는 선행을 베풀고 있었어요. 어느 날 그 높은 자리에 문둥병 거지가 피고름을 질질 흘리면서 올라가 앉았어요. 주변에 있던 사람들은 부정 탔다고 난리를 치고, 부자도 깜짝 놀라 그 거지를 바로 끌어내렸어요. '내 정성이 부족해서일까? 문수보살의 친견을 원했는데 문수보살은커녕 보통 거지도 아닌 문둥병 거지가 감히 그런 짓을 하다니…' 그런데 그날 밤 꿈에, 어떤 고승이 나타나 호통을 치는 거였어요. "어찌 그리 어리석단 말이냐? 너는 문수보살을 몰라보고 부정했다." 부자는 무슨 영문인지 몰랐죠. "그동안의 정성에 감동해서 오늘 문수보살이 나타나 자리에 앉았는데, 너는 그를 끌어내리기에 급급하지 않았느냐?" 부자는 그제야 깨닫고 후회했지만 이미 늦었지요.

우리도 마찬가지예요. 부처님이 옆에 있는데도 부처님을 내치는 경우는 없는지 잘 생각해봐야 해요. 멀리서 찾지 마세요. 주변에 어려운 사람을 만나는 순간, 그가 문수보살이고 그가 부처님은 아닌지 의심해볼 수 있어야 해요. 설사 그가 문수보살이 아니고 부처님이 아니면 어떻습니까? 그를 도울 수 있는 여건에서 나에게 나타났다면, 그는 이미 나를 부처로 만들기 위해 모습을 드러낸 보살이라고 바로 볼 줄 아는 지혜의 눈을 떠야 합니다.

우리는 흔히 부정적으로 생각해요. 누군가 나보다 부족한 사람이 접근해오면, 혹시라도 내 것이 그에게 빠져나갈까 신경을 쓰고 경계를 하죠. 난세에 영웅 난다는 말이 있는데, 등 따시고 배부를 때 보살은 아무런 가치가 없어요. 삶이 힘들고 불안하고 괴로울 때 보살의 손길이 필요한 겁니다. 그런데 우리는 내게 도움을 줄 수 있는 부처님을 만나기만 원하지, 내가 베풀어 부처가 될 수 있는 행위에는 너무나도 인색해요. 부처님을 만나려고만 하지 말고, 부처님의 행을 닮아야 해요. 부처님을 만나려 하기 이전에, 나 스스로를 보살로 세일하세요. 누군가에게 베풀어주는 걸 가장 큰 행복으로 여기는 마음이 필요해요. 그런 마음을 실천하면 복은 저절로 오게 돼 있어요. 복을 받고싶어 하면서도, 복 지을 기회는 스스로 차단해버리면 안 되지요. 부처님을 만나고싶어 하면서도, 부처가 될 수 있는 기회는 스스로 포기해버리면 얼마나 아까워요? 도처에 부처님이 있는데도, 그 부처님을 보지 못하는 어리석음에서 벗어나야 합니다.

그래서 마음을 바꿔가는 게 중요해요. 괴로움으로 가득한 중생의 마음에 머물러 있을 게 아니라 보살의 마음으로, 아니 부처의 마음으로 바꿔가야 행복으로 나아갈 수 있어요. 타고난 성품을 탓하지 말고 바꾸면 돼요. “저는 원래 이렇게 타고났어요, 안 돼요.”라고 말하는 분들도 있지만, 타고난 대로만 살 거라면 종교가 왜 필요하겠어요? 뭐하러 노력을 합니까? 팔자라는 것도, 거기에 얽매여 살지 마세요. 팔자도 바꿀 수 있어요. 팔자를 바꾸라고 했더니 지금 남편 버리고 다른 남자 찾겠다는 분도 계시던데, 그런 게 아니라 생각을 바꾸라는 거예요. 생각이 바뀌면 행동이 바뀌고, 행동이 바뀌면 팔자가 바뀝니다. 그런데 그 생각이 그냥은 안 바뀌기 때문에, 우리는 진리를 배워야 해요.

생각을 바꾸고 마음을 바꾸려면, 그 기본은 듣는 거예요. 들어야 해요. 그런데 법문을 재미로 듣는 사람도 있어요. 스님이 법문을 잘한다 하면 절에 자주 오는데, 법문이 재미없으면 안 와요. 재미를 찾으려면 영화관을 가야지요. 재미로 세상을 살려면 쇼를 보러 가거나 드라마를 봐야지요. 우리는 그렇게 재미를 쫓아 즐기는 것에는 아주 열심이면서, 자기 인생을 바꾸는 것에는 대단히 인색합니다. 어느 것이 더 중요한가요? 나의 행복을 위한 거라면 들어야 해요. 가끔 보면 앞뒤가 안 맞는 논리를 주장해요. 자기는 법문이 재미없다고 듣기 싫어하면서, 자식이 공부하기 싫어하면 속 터진다고 야단을 쳐요. 법문 듣기 싫어하는 마음이나, 공부하기 싫어하는 그 마음이나 똑같지 뭐가 다릅니까?

학교 공부를 재미있어하는 학생이 몇이나 되겠어요? 어렵고 힘들지만 더 나은 미래를 위해서 꼭 필요하니까 해야 한다고 없는 돈 바쳐가며 시키는데도, 아이가 그 마음을 몰라주면 부모 마음이 얼마나 아프겠어요? 부처님 마음도 마찬가지예요. 부처님께서는 깨달음을 이루시고 돌아가시는 그날까지, 45년이라는 긴 시간을 한 곳에 머무르지 않고 여기저기 다니면서 진리를 설하셨어요. 그것은 오직 괴로움에 시달리는 사람들을 가엾이 여기시는 마음 때문이었는데, 그렇게 애끊는 심정으로 설하신 진리의 말씀을, 오직 재미없다는 이유만으로 귀를 틀어막고 있을 때 부처님 마음은 또 얼마나 아프시겠어요?

자식 잘 되기를 바라는 부모 마음은, 이 자식 저 자식 가리지 않아요. 모든 자식이 다 잘 되기를 바랍니다. 하기 싫은 공부라도 부모님 말씀대로 열심히 한 자식은 그래도 미래가 행복할 수 있지만, 소귀에 경 읽기로 말 안 듣던 자식은 나중에 보면 그 삶이 풍요롭지만은 않아요. 부처님 말씀을 잘 따라 행하는 사람은 복을 받지만, 귀 틀어막고 사는 사람은 힘든 인생을 살아갈 수밖에 없어요. 지혜가 부족하기 때문이에요. 이게 세상사 이치입니다.

법문을 재미로 듣지 마세요. 알아듣지 못하는 소리도 자꾸 듣다보면 알아질 때가 있어요. 대부분 언어장애의 공통분모는 청각 장애입니다. 들은 게 없으니까 말도 할 줄 모르는 것이에요. 듣는 게 이렇게 중요해요. 엄마 뱃속에서 나온 아이가 처음부터 말하는 거 보셨어요? 말을 하는 것보다 우선되는 건 듣는 겁니다. 어린아이에게 말을 배우게 하고, 생각이 있게 하고, 세상에 눈을 뜨게 하는 진리가 먼 곳에 있는 게 아니라, 바로 귀를 열어 듣는 일이에요.

그런데 들어야 한다고 아무거나 들으면 안 돼요. 좋은 걸 들어야 합니다. 무엇을 듣느냐가 무척 중요해요. 사람 마음이란 게, 나쁜 것도 자꾸 들으면 그런 쪽으로 가게 돼 있기 때문이에요. 그래서 친구를 만나도 잘 만나야 하고, 이웃을 만나도 잘 만나야 하고, 진리를 만나도 잘 만나야 해요. 예전에 늑대 젖을 먹고 자란 아이, 늑대 소년 이야기가 있잖아요. 어려서부터 늑대 젖을 먹으면서 늑대 모습만 보고 자란 아이는, 모습은 사람이지만 그의 생각과 습성은 늑대와 다를 게 없었어요. 이렇게 사람도 늑대 속에서 살면 늑대의 인격이 되고 말아요. 내가 어떤 환경을 만나 어떤 마음으로 사느냐에 따라, 세상이 다르게 창조되고 있음을 알아야 해요. 그래서 세상의 창조주는 하느님도 아니고 부처님도 아니고, 바로 나 자신입니다.

진리라고 해서 다 진리는 아녜요. 부처님은 말씀하시기를, 처음도 좋고 중간도 좋고 끝도 좋아야 진리라고 하셨어요. 오늘은 참이다가 내일은 거짓이고, 오늘은 거짓이다가 내일은 참도 되는 건 진리라고 할 수 없어요. 진리는 변함이 없어요. 그러니까 가려서 듣되, 좋은 말이라면 많이 들으세요. 이해를 못 해도 좋아요. 자꾸 듣다보면 이해가 돼요. 갓난애가 무슨 뜻인지 알고 말을 배우나요? 그냥 많이 듣다보니까 이해가 되는 것이죠. 진리도 마찬가지예요. 많이 들으면 들을수록 이해가 빨라질 수 있어요. 쉬운 것만 찾아다니지 말고, 어려워도 들으려는 마음이 중요해요.

이제 들었거든 생각을 해보세요. 듣고 그냥 지나치지 말고 '이게 과연 무슨 뜻일까?' 곰곰이 생각해보세요. 그러다보면 이해가 돼요. 예를 하나 들어보겠습니다. 반야심경(般若心經)에 '색즉시공 공즉시색(色卽是空 空卽是色)'이라는 말이 나와요. 어렵지요? 그러나 차근차근 생각해보는 거예요. '이게 뭘까? 이 세상 모든 것은 나타났다 없어지고, 없어졌다 나타나는 게 반복된다고 해서 색즉시공 공즉시색이라 한다더라. 그럼 없어지는 건 뭐고 나타나는 건 뭘까? 없어지면 그 모습이 무엇으로 변할까? 우리 몸은 흙의 기운, 물의 기운, 불의 기운, 바람의 기운으로 이뤄졌고, 나중에 도로 흙, 물, 불, 바람 기운으로 돌아간다더라. 그럼 흙으로 돌아가면 어디로 갈까? 물의 기운, 불의 기운, 바람의 기운은 또 어디로 갈까? 가만히 생각해보면, 그게 다 이 우주에 남아 있구나. 내 몸이 썩으면 풀이 흡수할 거고, 풀을 토끼가 먹을 거고, 그 토끼를 잡아서 인간이 또 먹을 게 아닌가? 그렇다면 토끼가 내 몸이고, 풀이 내 몸이고, 흙이 내 몸이고, 바람이 내 몸이구나. 모습만 바뀌면서 돌고 도는구나. 모습이 있어도 변하는 것이니 고정된 실체가 없고, 변해 없어져도 완전한 없음이 아니라, 또 다시 어떤 모습으로도 나타날 수 있는 무한한 가능성이구나. 그래서 모습이 있는 색과, 모습이 없는 공이 다르지 않다고 하는구나. 같다고 하는구나.'

우리는 먹은 거 내보낼 때는 더럽다고, 얼른 코를 틀어막고 뒤도 안 돌아보고 내버려요. 다시는 안 만날 것처럼 그래도 또 만나요. 먹고 보면 결국 그게 그거예요. 내 뱃속에 들어가고 네 뱃속에 들어가면서 돌고 도는 거예요. 이렇게 생각하면 인간인 나는 훌륭하고, 미물은 그렇지 않다고 할 수가 없어요. 우주가 그대로 한 집이고, 모든 생명체가 한 덩어리라는 사실을 알게 돼요. 부처님과 내 몸도 다르지 않아요. 이렇게 하나하나 생각해보면 이해가 됩니다. 그러니까 어떤 말을 들으면 깊이 있게 생각해보세요. '왜 그럴까?' 의문을 가지면 답은 나오기 시작합니다.

언젠가 이런 생각을 한 적이 있어요. 먹지 않으면 기운이 없어서 저도 말을 못 하고, 음식도 자기 혼자서는 못 떠들고, 둘이 만나야 비로소 말을 할 수 있잖아요? 이 음식이 가수를 만나면 노래를 할 것이고, 사기꾼을 만나면 사기를 치겠지요. 이렇게 언제 누구를 만나느냐에 따라 팔자가 변해요. 콩이 뱃속에 들어가 법문을 하면 부처님 소리를 낼 것이지만, 밭에 떨어지면 콩이 그냥 콩 팔자로 가는 것이죠. 콩이 어디로 분류되느냐에 따라 이렇게 갈라지듯이, 우리도 세상의 만남을 어떻게 가져갈 것인가가 대단히 중요해요. 한 생각 바꿔보세요. 백 년도 못 사는 육신을 위해 욕심을 낼 것이냐? 아니면 세세생생 결코 변하지 않는 진리를 향해서 나아갈 것이냐? 이 선택 하나로 팔자가 바뀔 수 있어요.

이제 이렇게 이해가 되면 '내 마음을 닦아야 하겠구나. 가르침을 실천해야 하겠구나.' 하는 생각이 들게 돼요. 수행을 통해서 실천으로 옮겨야 해요. 아무리 훌륭한 가르침도, 행동으로 실천할 수 있어야 가치가 있는 겁니다. 많이 알려고 하기보다는 깊이 있게 알아야 해요. 확실하게 알지 못하면 실천할 수 없기 때문이에요. 모든 법문의 공통점은 마음에 있는데, 그 마음이 그냥 잡히는 게 아니라서 참선도 하라는 것이고, 염불도 하라는 것이고, 기도도 하라는 것이에요. 종류가 많은 거 같아도, 알고 보면 원리는 하나예요. 참선도 궁극적으로는 마음 닦으라는 것이고, 염불도 결국 한 마음으로 꿰뚫어 들어가라는 것이에요. 모두 내 마음 속에 있다는 걸 가르치고 있는 겁니다. 그래서 '마음이 곧 부처'라는 사실을 알라는 것이지요.

그런데 마음이 마음대로 되느냐 하면, 그게 그렇지 않아요. 눈을 감고 앉아있으면 별 생각이 다 나는데 '어떤 것들인가?' 살펴보면, 본인이 보고 듣고 생각한 것들이에요. 꿈에도 거의 아는 사람들이 나타나요. 그러니까 지금 우리의 생각이라는 것, 마음이라고 부르는 것은 그저 표면적인 마음일 뿐, 그 깊고 순수한 마음자리는 아니에요. 수박 맛을 보려면 껍질을 쪼개어 들어가야 하는데, 그저 수박의 겉만 핥고 있는 셈이죠. 그럼 그 속으로 꿰뚫어 들어가려면 어떻게 해야 할까요? 여기에 필요한 게 집중이에요. 간절한 마음이 필요해요. 흩어지는 마음이 아니라 오롯이 모을 수 있는 마음이 필요한데, 그 모으는 작업을 하는 게 바로 수행이에요.

우리 마음에 아무것도 없는 거 같아도, 거기에 온 우주가 다 담겨 있어요. 참으로 묘하죠? 사실 가만히 보면, 씨앗을 심으면 꽃이 피고 열매를 맺고 하는 자연현상들이 묘하지 않은 게 하나도 없어요. 아무것도 없을 거 같은 공간에서 일어나는 일들이 참으로 묘하다고 밖에는 표현할 길이 없어요. 이게 진리의 세계입니다. 우리 마음의 이치도 이와 같아서, 내 마음 속에 모든 것이 다 들어있다는 걸 알아야 해요. 스스로를 무시하지 마세요. 이 마음이 곧 부처이고, 내가 즉 부처입니다. 나뿐 아니라 모든 존재들이 다 부처의 성품을 가지고 있는, 아주 고귀한 존재라는 사실을 잊지 마세요. 나도 무시하지 말고, 상대도 무시하지 마세요.

옛날에 어떤 비단 장수가 있었어요. 방방곡곡 비단을 팔러 다니는데, 어느 날 하도 피곤해서 산기슭에 있는 산소 옆에 지게를 받쳐놓고 낮잠을 잤어요. 그런데 일어나보니 비단짐이 통째로 없어진 거예요. 전 재산이나 다름없는 비단을 몽땅 잃어버린 비단 장수는 기가 막혀 어쩔 줄 몰라하다가, 고을 원님을 찾아가 하소연을 했어요. 요즘으로 치면 경찰에 신고를 한 것이죠. 원님이 물었어요. "누구 목격자가 있느냐?" "그곳에는 아무도 없었습니다." "그럼 주변이 어떻게 생겼느냐?" "예, 산소가 하나 있고, 그 앞에 망두석(望頭石)이 있었습니다." "그래? 그럼 그놈이 보았겠구나." 원님은 당장 망두석을 잡아오라고 했습니다. 망두석을 꽁꽁 묶어 끌고 가는 걸 보고, 마을 사람들은 수군거렸어요. "원님이 살짝 돌았나보네." 드디어 망두석을 취조하는 날, 구경꾼들이 엄청나게 모였어요. 원님이 이실직고하라고 다그쳐도 망두석이 아무 말이 없자, 실토할 때까지 주리를 틀라고 했어요. 우스꽝스런 풍경에 구경꾼들은 손가락질을 하며 웃고 떠들었어요. 그런데 갑자기 원님이 그 사람들을 다 잡아들이라고 호통을 쳤어요. 관청에서 하는 일을 비웃고 소란을 피운 죄가 크다고 하면서 모두 하옥시켜버렸어요. 그리고는 나가고 싶으면 비단 한 필씩을 바치라고 했습니다. 원님은 그렇게 해서 모인 비단들 중에서 비단 장수 물건을 골라내게 하고, 그 비단을 가져온 사람들을 취조해서 범인을 잡고, 잃어버렸던 비단도 모두 찾아주었다고 합니다. 묘한 이치라는 게 바로 이런 것을 두고 하는 말이에요. 원님이 돌로 된 망두석을 잡아들일 때, 그렇게 해서 사건이 풀릴 거라고 누가 상상이나 했겠어요? 그러나 원님은 뛰어난 통찰의 지혜로 그것을 풀어낸 것이지요. 진리의 세계에서 이루어지는 일들도 이와 같아요. 우리가 그것을 보지 못하고 이해하지 못할 뿐입니다.

기도를 하는 것도 그래요. 안 된다고 생각하고 하면 안 되지만, 된다고 생각하면 돼요. 모든 소원이 다 이뤄지는 묘한 이치가 우리 마음속에 있습니다. 내 마음속에 아무것도 없다고 생각하지 말고, 내 마음속에 모든 진리가 다 담겨있다는 생각으로 기도하고 수행해야 해요. 그래서 기도는 확신을 가지고 간절하게 하는 게 가장 중요해요. 관세음보살도 내 마음속에 있고, 부처님도 내 마음속에 있고, 온 우주 법계가 내 마음속에 다 들어있어요. 부처님 가르침은 오직 내 마음이 참된 부처를 이루게 하는 데에 그 목적이 있음을 가슴속 깊이 새기고, 진리의 말씀을 많이 듣고, 깊이 생각하고, 간절하게 수행해 열심히 정진해보세요. 그러면 내 마음의 본성 자리가 환하게 드러나 지혜의 눈을 뜨고, 진정한 행복이 열리는 날이 분명히 오고야 말 것입니다.

굽이굽이 제장 마을
193.9×97cm
캔버스에 아크릴 물감

꿈속에 그려라
72.7×53.0cm
캔버스에 아크릴 물감

혼자가 아니어서
둥근 조약돌

남과 나의 분별이 사라지면
깨달음의 도는 자연히 높아지고,
무릇 자기를 낮추는 자에게
만 가지 복이 저절로 굴러오네.

–야운조사(野雲祖師)

구제는 누가 해주는 게 아닙니다. 나를 구제할 수 있는 사람은 아무도 없어요. 자기가 자기 자신을 구제해야 해요. 부처님도 구제할 수 있는 방법을 이르셨을 뿐이고, 진리가 존재하고 있음을 보이셨을 뿐이지, 그 진리를 이해하고 마음에 담는 것은 스스로 해야 합니다. 결코 누구도 대신할 수 없어요.

나 자신을 괴로움에서 구제해 행복으로 나아가게 하려면 복을 짓고 지혜를 얻어야 하는데, 아무래도 지혜에 중점을 둘 수밖에 없어요. 복의 근본 또한 지혜이기 때문이에요. 복을 짓는다는 건 물질이나 어떤 행위를 통해서 남에게 이익을 주는 것이고, 지혜를 얻는다는 건 마음을 맑고 밝게 닦아가는 것을 말하는데, 이것은 오직 수행을 통해서만 가능합니다. 그래서 복을 짓는 것과 지혜를 닦는 것을 잘 구분해서 해야 해요. 절에 시주하거나 스님에게 공양하는 것만으로 해야 할 일을 다한 것처럼 자부하는 분들도 있는데, 수행을 하지 않는다면 진짜 중요한 부분은 빠지는 것이에요.

그리고 지식은 지혜가 아니에요. 요즘 세상은 너무 지식만 중요시해서 머리에 든 게 많은 사람을 훌륭하다 하지만, 진리의 관점에선 학식이 많은 걸 그다지 좋게 보지 않아요. 마음을 닦고 청정히 비워 실천하는 것만 못하기 때문이에요. 많이 알아도 실천이 없다면 무슨 가치가 있겠어요? 설사 팔만대장경을 모두 머릿속에 넣고 달달 외운다 하더라도 아무런 가치가 없어요.

부처님 당시 많은 제자들 중에 뽀띨라라고 하는 아주 학식 높은 스님이 있었어요. 그는 부처님의 말씀과 계율, 그리고 요즘으로 치면 논문과도 같은 여러 논서(論書)들까지 모든 것을 다 알고, 막힘없이 설명할 수 있는 능력을 가지고 있었어요. 그런 스님을 삼장법사(三藏法師)라고 합니다. 손오공이 나오는 서유기(西遊記)에도 삼장법사가 등장하지요. 그런데 그렇게 이론으로만 알아서 진리를 얻을 수 있다면, 수행을 할 이유가 없어요. 참선이나 염불을 할 이유도 없고, 여름과 겨울에 몇 달씩 안거를 할 이유도 없어요. 아무리 부처님 가르침이라 할지라도 머리로만 이해하는 학식은 학식일 뿐이고, 수행이 반드시 필요합니다. 그렇지 않으면, 아는 게 병이 될 수도 있어요.

뽀띨라 스님은 스스로 학식이 높고 법을 잘 설할 수 있다는 생각으로 자만심이 대단했다고 합니다. 그래서 부처님께서는 '아직 자신을 밝혀 깨닫고자 하는 마음을 일으키지 못하고 있구나. 그의 마음을 흔들어 일깨워주리라.' 생각을 하시고, 항상 그의 이름 앞에 '뚜'자를 붙여 부르셨어요. '뚜'자는 우리말로 하면, '머리가 텅 비었다, 아주 어리석다'는 뜻이에요. 그러니까 '뚜 뽀띨라여'이렇게 부르셨던 것이죠. 다른 스님을 부를 때는 그냥 이름만 부르시면서 말이에요. 뽀띨라 스님은 몹시 기분이 나빴어요. 세월이 많이 흘렀는데도 그 '뚜'자를 떼어버릴 수 없자, 도저히 참지 못하고 부처님께 말씀드렸어요. "저는 남들이 모르는 경을 이해하고, 남들이 지키지 못하는 계율을 가르쳐줄 수 있고, 남들이 어려워하는 논서를 충분히 설명할 수 있는 능력을 갖췄는데, 부처님께서는 어찌하여 아직도 그렇게 부르시는지요?" "그대는 많이 아는 것이 오히려 장애가 되고 있다. 가르침의 핵심을 제대로 이해하지 못하는 어리석음에 갇혀 있기 때문에 그렇게 부르는 것이다." "그럼 어떻게 하면 되겠습니까?" 부처님께서는 "그건 그대가 알아서 하라."고만 하셨어요. 뽀띨라 스님은 가만히 생각해보았어요. '나는 경을 해석하는 데도 능숙하고, 설법도 잘해서 오백 명의 제자들을 가르치고 있다. 그런데도 부처님께서 나를 가리켜 머릿속이 텅 빈 뽀띨라라고 부르는 것은, 수행으로 마음을 다스려 선정 삼매를 얻지 못했기 때문일 것이다. 아는 건 많아도 수행을 안 했기 때문이구나.' 깨달음을 얻고자 출가했지만 엉뚱한 방향으로 가고 있음을 느낀 것이죠.

구인사에선 출가하면 삼 년 동안 거의 책을 보지 못하게 합니다. 예전엔 더 철저했다고 해요. 왜 그럴까요? 책을 통해서 형성된 알음알이가 오히려 수행에 방해가 되기 때문이에요. 그렇게 삼 년을 열심히 수행해서 정진하면 마음으로 얻는 부분이 있어요. 그 후에 책을 보면 이해가 잘 되지만, 그런 게 전혀 없는 상태에서 책부터 보기 시작하면 그는 잘못된 식견에 갇혀 소위 '경도깨비'가 될 우려가 있습니다.

경전이 중요하기는 하지만 거기에만 치중하면 지식에 그치기 쉬워요. 지혜는 스스로 깨달아 알아지는 것이지만, 지식은 누군가의 이론을 머릿속에 저장하는 것일 뿐이에요. 지식은 빌려오는 것이고, 지혜는 찾아내는 것이에요. 불교를 깨달음의 종교라 하는데, 과연 깨달음이 뭘까요? 잘못된 고정관념을 깨고 나오는 겁니다. 그래서 나의 본래 성품, 맑고 밝은 그 자리를 드러내는 것이에요. 우리는 누에고치처럼 스스로 집을 짓고 그 속에 갇혀 있어요. 계란처럼 딱딱한 껍데기 속에 들어앉아 있는 겁니다. 그걸 깨고 나와야 세상의 참모습이 보이는데, 그러려면 지혜의 힘이 있어야 하고, 그 지혜를 얻는 작업이 곧 수행이에요.

지혜가 없는 것을 어리석음이라고 합니다. 인생이 괴롭다고들 하지만, 누가 괴로움을 주는 게 아니라 스스로의 잘못된 마음 때문에 괴로운 겁니다. 탐내는 마음, 성내는 마음, 어리석은 마음 때문에 괴로운 거예요. 그런데 탐내는 마음도 어리석은 마음이요, 성내는 마음도 어리석은 마음이요, 어리석은 마음도 어리석은 마음이에요. 사실 상대방의 마음은 그게 아닌데 잘못된 오해로 화를 내고, 한참 뒤에 후회하는 경우도 많아요. 도처에 그런 시행착오들이 있습니다. 이웃과 그러하고, 친구 사이에 그러하고, 형제 사이에 그러하고, 부부 사이에 그러하고, 심지어 절에 와서도 그런 경우가 있어요. 그 사람의 말을 충분히 들어보고 조금만 생각해보면 이해가 될 것을, 쓸데없는 오해로 분란을 일으키고 본인도 괴로워하는 거죠.

어떤 신도가 부처님 전에 초를 올리려고 했어요. 무슨 간절한 소원이 있어서 그랬겠지요. 그런데 문제는 자기 초를 켜려고 다른 촛불을 꺼버린 거예요. 법당을 관리하는 분이 그걸 보고 "올리고 싶다고 함부로 올리는 게 아닙니다. 이미 초를 켠 사람도 소원이 있어서 켰는데, 아무리 내 소원이 중해도 남의 촛불을 끄면서까지 그러시면 안 되지요." 그러면서, 두고 가면 순서대로 켜주겠다고 했어요. 맞는 말이지요. 먼저 밝혀놓은 사람이 보든 안 보든, 그 초가 끝까지 타기를 바라는 마음으로 촛불을 켰지, 중간에 꺼버리기를 바라는 마음으로 켜지는 않았을 겁니다. 순서를 기다리는 게 마땅하죠. 또 사정이 아주 절박하다면 촛불을 관리하는 분에게 "우리 아들 때문에 아주 급한 소원이 있어서 그러는데, 어떻게 좀 안 될까요?"라고 양해를 구해서 하는 방법도 있겠지요. 그러지 않고 그냥 남의 촛불을 확 꺼버리고 자기 초를 밝히려고 하니까 시끄러워진 거예요. 어쨌거나 초 공양을 올리려고 했던 사람은 기분이 나빴겠죠. 저한테 와서, 법당 관리하는 분을 내쫓고 다른 사람으로 바꿔달라고 하는 거예요. 그리고 저한테 얘길 해도 안 먹히니까 다른 데 가서 엉뚱한 소리를 하기 시작했어요. 평소에 선물이라도 좀 줬어야 하는데, 안 그래서 그랬나보다고 말이에요.

순전히 이기적인 생각이에요. 자기만 잘 되면 된다는 생각, 남이야 어떻게 되든 내 소원만 이루겠다는 생각, 그런 욕심에 갇혀 있다면 몸은 절에 왔어도 마음은 거꾸로 가고 있는 겁니다. 오로지 자기 이익만 추구하는 시장 바닥의 논리와 무엇이 다르겠어요? 요즘 세상에 이렇게 나만 소중하고 남을 무시하는 경향이 있어요. 뇌물 받아먹고 감옥 가는 사람들만 죄인이 아니에요. 자기 욕구를 충족시키기 위해 법을 어겨가면서까지 뭔가 뒤로 검은 거래를 하려는 사람들이 많아요. 이들 역시 죄인입니다. 그 양심의 삐뚤어짐은 크고 작음의 차이가 있을 뿐, 1억을 받은 사람이나 100원을 받은 사람이나 무슨 차이가 있습니까? 죄가 드러난 사람만 잘못이 있다고 할 수는 없어요. 더군다나 마음을 선하고 바르게 닦아야 할 절에서까지 그러는 어리석은 사람을 보면 참으로 안타까운 생각이 듭니다.

부처님 전에 초를 하나 밝히는 게 중요한 게 아니라 정성이 중요한데, 그렇게 집착하고 욕심을 내면 될 것도 안 돼요. 나의 이익을 위해서 남을 우습게 보는 사람은 자기도 잘 될 수가 없어요. 상대를 존중하지 않고 내가 존중받을 수는 없습니다. 이 세상에 존중하지 않아도 될 사람은 아무도 없어요. 그럼에도 불구하고 말을 함부로 해서 상대방을 아프게 하는 경우가 많아요. 그게 금방 화살로 돌아와 나를 찌를 건데, 그걸 모르고 되는대로 내뱉는다면 얼마나 어리석은 일입니까? 그래서 탐내는 마음, 성내는 마음, 어리석은 마음 중에 제일 큰 건 바로 어리석은 마음입니다.

진정 즐거운 인생, 행복한 인생을 살고 싶다면 하루빨리 이런 어리석음에서 벗어나야 해요. 그래야 괴로움에서 벗어날 수 있고, 이것이 구제입니다. 책만 봐서는 안 돼요. 머리로만 알아선 결코 벗어날 수 없어요. 생각으로야 될 거 같지만 막상 현실 상황에 딱 부딪치면 성내고 욕심내고 잘난척하고, 그럴 수밖에 없어요. 마음의 단단한 껍데기를 깨고 나올 수가 없습니다. 그래서 수행이 필요한 거예요.

뽀띨라 스님도 이제 그걸 깨닫고, 수행을 해야겠다는 생각을 하게 되었어요. 그런데 막상 수행처를 찾아보니까 그게 잘 안 되는 거예요. 우리도 그래요. 평소에 법회라도 좀 다니고, 가끔 기도를 하던 사람이라야 법당 분위기가 낯설지 않지, 어느 날 갑자기 무슨 일이 생겨서 급한 마음에 와서 하려면 무척 낯설어서 기도가 제대로 안 돼요. 분위기와 도반이 이렇게 중요한 겁니다. 뽀띨라 스님도 비슷한 상황이었어요. 그동안 책만 보다가 새삼스럽게 수행을 하려니까, 자기를 환영하는 데가 하나도 없는 겁니다. 이곳엘 가도 안 받아주고, 저곳엘 가도 안 받아주고, 요즘 말로 왕따가 돼버렸어요.

자녀들 교육시킬 때도 유념해야 할 것이, 물론 공부도 중요하지만 세상 사는 법을 가르쳐야 해요. 오히려 이것이 더 중요할 수도 있습니다. 출세한 사람들 중에도 잘난척하지 않고 겸손한 분들이 있어요. 그런 분들은 오랫동안 존경을 받을 수 있습니다. 하지만 전혀 아닌 사람도 많죠. 그런 성품은 벌써 학교 다닐 때부터 나타나요. 공부도 잘하면서 인간성까지 좋으면 훌륭한 사람으로 성장할 수 있지만, 공부 좀 한다 해서 못하는 아이들 우습게 보고 따돌리고 하는 애들은 커서도 그래요. 인생에 큰 걸림돌로 작용합니다. 그런 성격은 일종의 장애나 다름없어요. '크면 괜찮겠지.' 하는 부모님도 있지만 천만의 말씀이에요. 그래서 어렸을 때부터 선하고 바른 인성을 길러주는 교육에 각별한 신경을 써야 합니다.

제가 아는 사람 중에 공부를 아주 잘했던 사람이 있어요. 우리나라 최고 학교까지 나왔어요. 그래서 그 좋은 머리로 뭐 좀 해보려고 선거에 나왔는데 도와주는 친구가 없는 거예요. 옛날에 학교 다닐 때부터 인심을 잃었기 때문이에요. 번번이 떨어질 수밖에 없죠. 하지만 늘 주변에 도와주지 못해 애를 쓰는 친구들이 많은 사람도 있어요. 그 사람은 공부도 잘했지만 항상 약자 편에 설 줄 알았어요. 놀고 장난칠 땐 함께 어울려 개구지게 장난도 치면서, 그렇게 자랐어요. 바로 이 어우러짐이 수행입니다. 절에 와서 어우러지지 못하면 그것도 큰 문제예요. 틈만 나면 편 가르기 하는 사람도 있어요. 누구는 어떻고 누구는 어떻고 하면서 쓸데없는 잡담으로 시간을 보내는 사람이 있어요. 그래선 안 됩니다. 본인을 위해서도 이로울 게 없어요.

함께 수행하는 사람을 도반(道伴)이라고 하는데, 도반은 참으로 중요한 스승의 역할을 합니다. 수행은 물론 스스로 마음을 닦아가는 것이지만, 부처님 당시부터 반드시 여럿이 모여서 수행을 했어요. 왜 그랬을까요? 조약돌이 저 혼자는 둥글어질 수 없기 때문입니다. 옆에 다른 조약돌이 있어야 둥글어질 수 있어요.

또 옆에 조약돌과 나만 있어 가지고도 안 돼요. 파도가 때려줘야 해요. 옆에 있는 한 사람 한 사람이 모두 나를 둥글어지게 하는 도반이에요. 그리고 인생이라는 파도가 나를 때려줍니다. 우리가 살면서 고통이 없으면 진리의 가르침에 귀를 기울일 생각이나 했을까요? 기도하고 수행하고, 그럴 마음이 생겼을까요? 고통 덕분에 우리는 더 나은 삶에 눈을 뜨게 되는 거예요. 전화위복인 거죠. 파도를 두려워하지 마세요. 나를 둥글어지게 하는 에너지입니다. 고통은 고마운 스승이에요. 좌절하지 마세요. 아무리 큰 파도가 와도 서로 의지할 수 있는 도반이 있잖아요? 알고 보면 옆에 있는 한 분 한 분이 모두 고마운 분들이에요. 옆에 사람이 없다면 절도 없고 법문도 없을 테니까요. 여럿이 함께하는 것이 이렇게 중요합니다.

그래서 부처님 당시에도 무리를 이뤄 수행을 했는데, 뽀띨라 스님을 받아주는 데가 없었던 겁니다. 그동안 너무 잘난척했기 때문이죠. 우리도 조심해야 해요. 잘난척하면 사람들이 멀어져요. 결국 손해가 많아요. 조금 부족한 듯 처신하는 게 좋고, 되도록이면 누가 묻지 않으면 입 다물고 있는 게 좋아요. 너무 앞서가면 허물이 되는 경우가 많기 때문입니다. 뽀띨라 스님은 남몰래 길을 떠났어요. 몇 날 며칠을 걸어 어느 수도원에 도착했어요. 원장 스님을 만나 인사를 드리고, 수행을 지도해달라고 청했는데 "무슨 말씀을 그렇게 하십니까? 스님께서는 세상이 다 아는 대 강사 스님이신데 오히려 저희가 배워야 할 것입니다."라고 사양을 했어요. 뽀띨라 스님은 할 수 없이 그 아래 스님께 부탁을 해보았지만 역시 거절당하고, 다시 그 아래 스님에게 알아보라는 말만 들었어요. 그곳 스님들은 모두 해탈의 경지에 오른 분들이어서 누구든지 지도해줄 수 있었지만, 그의 자존심부터 꺾어놓아야 된다는 생각으로 계속 자기 아래 사람으로 미루기만 했어요. 그렇게 자꾸 아래 사람 아래 사람으로 가다가, 가장 나이 어린 사미승에게까지 보내지게 됐어요.

뽀띨라 스님은 사미승에게 절을 하면서 "저의 스승이 돼주십시오." 했더니 사미승도 극구 사양을 하는 겁니다. 뽀띨라 스님은 마지막 기회라는 절박한 마음으로 끝까지 매달렸어요. 마침내 사미승이 허락을 하면서 이렇게 말했습니다. "그럼 제가 시키는 대로 하실 수 있겠습니까?" "예, 뭐든 시켜만 주십시오." 그러자 가사와 장삼을 입고 따라오라고 하더니 연못으로 갔어요. "스님, 가사를 입은 채 물속으로 들어가십시오." 왜 그랬는가 하면, 사미승이 보니까 뽀띨라 스님이 아주 고급스러운 가사를 입고 있는 거예요. 그래서 그 마음을 시험해보기 위해서 일부러 그랬던 거죠. 이미 굳은 결심을 하고 있던 뽀띨라 스님은 말이 끝나자마자 물속으로 풍덩 들어갔어요. 그러고 다시 나오라고 하니까, 또 나왔죠. 사미승이 말했어요. “진리를 배우려면 자존심이 없어야 합니다. 자존심을 가지고는 손톱만치도 얻을 수 없어요. 그럼에도 불구하고 스님은 출가해서 여러 해를 살았지만 자존심이 너무 높아서 수행과는 거리가 먼 시간을 소비했습니다. 그래서 제가 무례하게도 이런 시험을 했는데 잘 이겨내셨습니다.”

시험을 마친 사미승은 이렇게 가르쳤어요. “이제 당신이 수행을 하도록 문제를 내겠습니다. 여기에 여섯 개의 문이 있는 거미집이 있습니다. 문은 여섯 개지만 들어가면 방은 하나입니다. 어느 문으로 드나들지 모르는데, 거미를 잡으려면 어떻게 하면 되겠습니까?” “다섯 개를 철저하게 닫고, 하나만 지켜보면 됩니다.” “맞습니다. 스님의 수행도 그와 같습니다. 여섯 가지 감각기관 중에서 눈, 귀, 코, 혀, 몸 이렇게 다섯 개는 모두 막아버리고, 오직 마음의 문 하나만 열어놓고 집중하세요. 끈기 있게 수행하면 반드시 좋은 결과가 있을 겁니다.” 우리 번뇌의 구조가 그렇게 생겼어요. 여섯 감각기관들이 계속 나를 유혹하고 있어요. 그 속에 들어있는 본래 마음이 바로 거미와 같은 존재예요. 이것이 어느 쪽으로 쏠리겠어요? 관세음보살을 불러보지만 그것이 귀로도 빠져나갔다가, 입으로도 빠져나갔다가, 코로도 빠져나갔다가, 눈으로도 빠져나갔다가 하면서 들락날락하는데, 모두 막아버리고 오직 마음 하나만 보고 가라는 것이죠. 수행은 이렇게 하는 겁니다.

부처님 당시에도 그렇고 지금도 그렇고, 수행은 역시 마음을 청정하게 비우는 것이에요. 오랜 세월이 흘렀고 문명도 발전했지만 사람들 마음은 여전하기 때문이에요. 수행을 하는 데 있어서는 잘나고 못나고 관계없고, 머리가 좋고 나쁘고도 관계없어요. 머리 좋은 사람도 마음을 보게 돼 있고, 머리 나쁜 사람도 마음을 보게 돼 있어요. 마음이 흩어지면 번뇌이고, 마음을 모으면 수행이에요. 잘 되고 안 되고를 논하지 말고 열심히 정진해보세요. 이것이야말로 자유의 길, 행복의 길입니다.

탐욕에 이끌려, 노여움에 이끌려,
두려움에 이끌려, 또한 어리석음에 이끌려
진리에 어긋나는 자, 그는 명성을 잃어가리니
마치 달이 이지러져 그믐이 되는 것과 같으리.

탐욕에 이끌리지 않고, 노여움에 이끌리지 않고,
두려움에 이끌리지 않고, 또한 어리석음에 이끌리지 않고
진리에 어긋나지 않는 자, 그의 명성은 날로 커져가리니
마치 달이 차올라 보름이 되는 것과 같으리.

–〈싱갈라경(經)〉

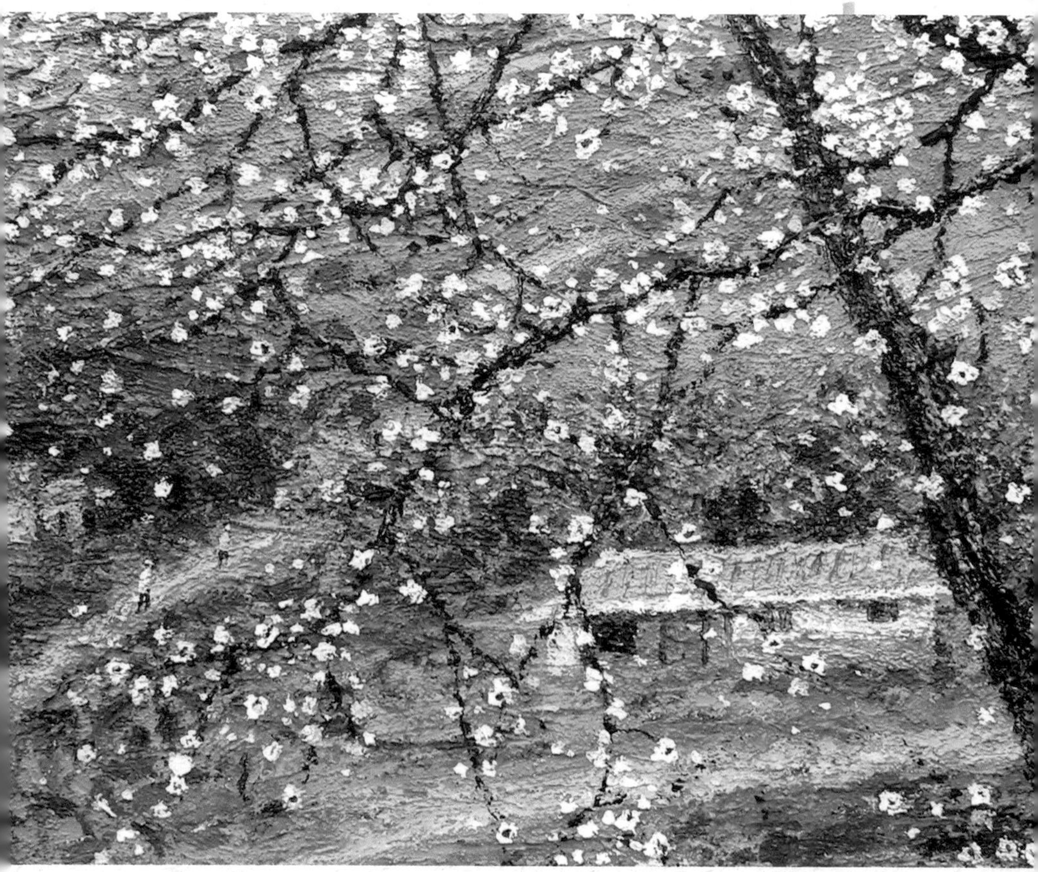

흰 꽃바람
120×50cm
캔버스에 혼합 재료

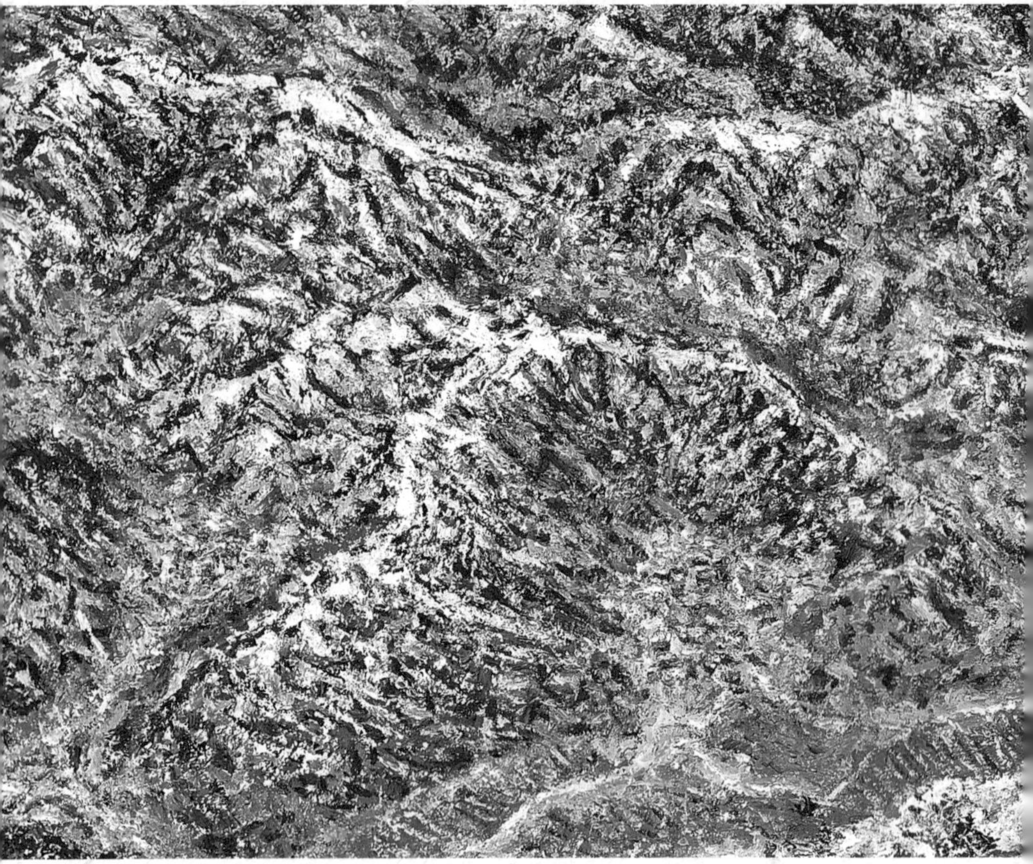

흰 산
182.0×72.7cm
캔버스에 아크릴 물감

함께 살면서도 몰라

마음은 마치 그림 잘 그리는 화가와 같아
능히 세상의 일을 모두 그려내는구나.
모든 게 다 마음으로부터 나온 것이니
만들지 못하는 게 하나 없도다.

–〈화엄경〉

부처님은 왜 왕자의 신분으로 오셨을까요? 거지로 태어나 오실 수도 있지만 굳이 왕자의 신분으로 오신 건, 버리는 걸 가르치기 위해서입니다. 물질적인 풍요와 막강한 권력, 그리고 높은 지위까지 온갖 부귀영화를 다 버리셨어요. 세상 사람들은 뜬구름 잡듯이 그걸 위해 애쓰지만, 그것이 행복일 수는 없어요. 어리석은 탐욕을 한순간에 없애주기 위해서, 부처님은 왕자로 오셔서 그것들을 헌신처럼 버리셨어요. 부귀영화가 우리 인생의 전부라면 부처님은 출가할 이유가 없었을 겁니다.

그런데 우리는 무엇을 위해서 부처님을 믿나요? 돈이 부족한 이들은 '어떻게 돈 좀 버는 방법 없을까?' 권력이 아쉬운 이들은 '부처님 덕분으로 권력 좀 얻어볼까?' 이렇게 온갖 세속의 욕구를 충족시키려는 마음으로 절을 찾는 분들이 많아요. 비우라고 가르친 것을 오히려 채우려고 안달인 거죠. 부처님의 가르침은, 모든 행과 불행은 오직 스스로의 행위에 의해서 좌우된다는 것이에요. 그럼에도 불구하고 마음 가운데서 부처님을 발견하려 하지 않고, 외부적인 가피나 기적을 좇아다니는 분들도 있고, 자기 마음을 점검하기보다는 부처님의 능력을 시험하기 위해 다니는 분들도 많아요. '어느 절 부처님이 영험한가? 어느 절 스님이 용한가?' 하면서 말이에요. 참으로 안타까운 일이 아닐 수 없어요.

모두들 불교를 어렵다고 합니다. 정말 어려운 게 맞는 거 같아요. 불교를 이론적으로 이해하려는 사람은 학문적으로 배워야 하니까 어려울 수밖에 없어요. 그리고 그냥 믿기만 해선 안 되고, 수행을 해야 하고 실천을 해야 하니까 어렵다고 할 수도 있어요. 사실 모르는 사람이 더 편해요. 모르면 지킬 게 없습니다. 알면 아는 만큼 지킬 게 많아요. 그렇지만 이론적으로 완벽하게 알려고 하니까 어렵지, 꼭 그렇게까지 할 필요는 없어요. 실천하는 것도 마찬가지예요. 아는 만큼 노력하고, 노력한 만큼 얻는다는 믿음만 있으면 별로 어려울 게 없어요. 그냥 힘자라는 대로 꾸준히 행하면 돼요.

모든 종교는 착하게 살라고 합니다. 그러나 착하게 살라는 건 초등학교를 가도 그렇게 가르치고, 중학교를 가도 그렇게 가르쳐요. 착하게 사는 게 종교의 전부는 아니에요. 생명을 가진 이들에게 착하게 살라는 건 너무나도 당연한 가르침이죠. 그리고 모든 종교는 믿음을 강조하는데, 불교에서 말하는 믿음은 결코 절대자에 대한 믿음이 아니에요. 부처님은 당신을 우월한 존재라고 말씀하신 적이 없어요. 모두가 부처의 성품을 가지고 있는데, 부처님의 그것과 전혀 다르지 않다고 하셨어요. 누구든 그 성품만 드러내면 완전한 깨달음의 경지, 진정한 행복을 이룰 수 있다는 희망을 보여주셨어요. 마치 구름에 가려진 달이 그 구름만 걷어내면 온 천지에 환하듯이, 우리 마음속에 있는 부처의 성품도 그와 같아서, 온갖 번뇌 망상만 걷어내면 그냥 이대로가 부처라는 것이에요. 그래서 불교는 누가 나를 비춰주기를 바라는 게 아니라, 스스로 비추기 위해 먹구름을 걷어내는 종교예요. 부처님께서 출가해서 육 년의 수행을 하신 것은 그 방법을 보여주신 거예요.

수행에는 다양한 방법들이 있어요. 명상도 있고, 참선도 있고, 염불도 있고 여러 가지가 있는데, 그걸 다 이해하려고 구태여 애쓸 필요는 없어요. 아무리 옷이 많아도 모든 걸 다 입어야 하는 건 아니고 내 몸에 맞게 입는 것처럼, 수행도 나에게 맞는 걸 선택해서 하면 돼요. 어떤 건 좋고 어떤 건 나쁘다고 할 수가 없어요. 서울에서 부산을 갈 때, 고속버스로 가도 되고, 기차로 가도 되고, 비행기로 가도 돼요. 실천이 중요하지, 옳고 그름은 논할 필요가 없는 것이죠. 그리고 종교끼리 부딪치는 경우도 있지만 그래선 안 돼요. 이 세상에 종교인은 두 가지 부류가 있는데, 삶을 위한 종교 생활을 하는 사람이 있는가 하면, 종교를 위한 삶을 사는 사람도 있어요. 우리는 삶을 위한 종교 생활을 해야 합니다.

부처님은 '참으로 희유(稀有)하고 희유하구나.'라고 하셨어요. 깨닫고 보니 모든 이들의 마음이, 깨달은 부처님의 그 마음과 조금도 다름이 없더라는 것이에요. 그래서 부처님은 우리 마음을 부처님과 똑같은 마음으로 깨우쳐주기 위해서, 평생 동안 수많은 법문을 설하셨어요. 그런데 문제는 우리 마음에 그 진리를 담으려고 보니까, 이미 너무 많은 게 담겨져 있어서 들어갈 자리가 없다는 거예요. 누가 가르쳐주지 않았는데도 가득 담고 있어요. 욕심내라고 누가 가르친 법이 없어요. 그런데도 우리 마음속에 욕심이 가득 차있어요. 어리석음도 가득해요. 비워야 해요. 그런 걸 버리지 않으면 담을 수가 없어요. 그래서 수행의 시작은 비우는 겁니다. 비우고 비워야 그 비움을 바탕으로 깨침을 얻을 수 있어요. 비우지 않으면 채울 수 없는 것이죠.

옛날에 어떤 스님이 제자와 함께 지내고 있었는데 제자가 물었어요. "스승님, 어떻게 하면 진리를 얻을 수 있습니까?" 스승이 보니까 그는 아만으로 꽉 차있었어요. 스님은 차를 준비해서 묵묵히 제자의 잔에 따르기 시작했어요. 찻잔은 곧 채워졌으나 스님은 계속 차를 따랐고, 철철 넘치는 차를 바라보던 제자가 말했어요. "스님, 차가 넘칩니다." 하지만 스님은 계속 따랐어요. "스님, 자꾸 흘러넘칩니다. 그만 따르시지요." 그때 스님이 이렇게 말했어요. "이 찻잔처럼 너의 마음도 이미 많은 번뇌로 가득 차

있다. 그 마음의 잔을 비우지 않고는 진리를 담을 수 없다." 그래서 우리도 절에 올 땐 아만을 다 내려놓고 와야 하는데, 내려놓을 줄 몰라요. '내가 누군데, 절에 몇 년을 다녔는데, 좋은 일을 내가 얼마나 많이 했는데…' 하면서 말이에요. 심지어 어떤 분은 20년 전에 시주한 대들보를 아직도 짊어지고 다니는 분도 있어요. 얼마나 무겁겠어요? '내가 과거에 뭘 했다.'고 드러내고 싶어 하는 경우가 많아요. 또 내가 아는 것만 옳고, 다른 사람은 틀렸다는 생각을 하는 사람도 무척 많아요. 내가 옳고 너는 틀렸다는 생각을 하면 그때부터 화나는 일이 생깁니다. 그 사람을 고쳐주고 싶은데, 그게 안 고쳐지면 화가 나는 것이죠.

그런 아만과 욕심, 그리고 어리석음이 있는 한, 우리는 세상을 제대로 볼 수가 없어요. 내가 보는 게 세상의 참모습인 줄 알면 큰 오산입니다. 깨달은 이들은 있는 그대로를 보지만 우리는 그렇지 못해요. 하늘에 휘영청 뜬 둥근 달을 보면 아름답습니다. 그런데 모든 사람에게 다 아름다울까요? 그렇지 않아요. 보는 사람에 따라 달라요. 시름에 잠긴 사람이 보면 아름다울 리가 없죠. 이렇게 내 처지에 따라, 내 수준대로 세상을 보게 돼있어요. 연애하는 청춘 남녀가 달을 보면 참 아름답습니다. 달이 축복을 해서 사랑이 무르익는다고 생각하는 경우도 많아요. 그런데 결혼하고 세월이 흐른 뒤에, 지지고 볶고 싸우다가 바라보는 달은 어떨까요? 아름답기는커녕 처량하기까지 합니다. 연애할 때나 지금이나 달은 여전히 그 달인데, 아름답던 달이 왜 처량한 달로 바뀐 걸까요? 그것은 내 마음 때문이에요. 우리는 이렇게 대상을 있는 대로 보지 못하기 때문에 갈등을 만들어내요. 남편이 잘해줄 때는 아이가 실수를 좀 해도 괜찮아요. 그런데 남편이 속을 썩이고 난 다음에 아이가 그릇이라도 깨면 용서가 안 돼요. 어떤 때는 용서가 되고 어떤 때는 안 되는 건 왜일까요? 이 또한 오직 내 마음 때문이에요. 마음에 구름이 끼어있을 때는 한없는 분노가 일어나요. 마음을 잘 다스리지 못하고 옳고 그름을 시비해서 괴로움을 만드는 거예요.

어느 해 겨울에 김치 나누기 행사를 위해서 김장을 했어요. 그런 봉사에 동참하는 분들은 참으로 아름다운 마음이죠. 그런데 젊은 사람들은 아침 일찍 절에 나오기가 어려워요. 아이들 학교 보내야지, 남편 출근도 시켜야지, 집안일도 해야지, 무척 바빠요. 그래서 아침엔 젊은 사람보다는 연세 높으신 분들이 오셔서 서둘러 일을 시작했어요. 점심 때쯤 젊은 분들이 오셔서 "늦어서 죄송합니다. 이제 좀 쉬세요. 저희가 하겠습니다." 했어요. 아침 일찍부터 고생한 거 생각해서 배려하는 그 마음이 참 예쁘다고 생각했는데, 뜻밖에도 어르신들이 불쾌해하시는 거예요. '늙었다고 괄시하느냐?' 뭐 그런 분위기였어요. 팽팽한 긴장감이 감돌더군요. 그 좋은 마음을 그냥 좋게 받아주면 얼마나 좋아요? 얼마든지 고마운 마음으로 받아들일 수도 있는데, 공연히 갈등을 만들어 서로가 괴로운 거죠. 저는 그걸 보면서 '아, 시어머니하고 며느리가 싸우는 게 저래서 그러는구나.'라는 생각이 들었어요. 참으로 좋은 마음으로 모인 분들도 그렇게 갈등의 씨앗이 존재하는데 사회생활에선 오죽하겠어요.

이런 오해와 갈등 없이 살 수는 없을까요? 부처님이 오시기 전에 도솔천(兜率天)이라는 하늘나라에 계셨는데, 중생이 사는 세계를 내려다보니까 도솔천하고 조건은 다르지 않더라고 합니다. 조건은 같은데 다만 그 마음 씀씀이만 달랐어요. 다투지 않아도 되는 걸 다투고, 갈등을 표현하지 않아도 되는 걸 표현하고, 자존심을 세우지 않아도 되는 걸 세우면서 스스로 고통을 만들어 괴로워하는 거예요. 어리석음과 욕심 때문에 세상을 제대로 보지 못하고 이리저리 왜곡하고 있어요. 세상을 굴절시켜 보는 사람은 항상 고통이 따를 수밖에 없어요. 누구나 행복을 바라지만 그건 오직 내 마음에 달려있는 것이지, 누가 갖다주는 게 아니에요. 행복해지려면 좋은 사람, 좋은 일을 바로 볼 줄 아는 눈을 떠야 합니다. 삐뚤어진 눈을 바로잡아야 해요. 그러면 세상이 확 달라져요.

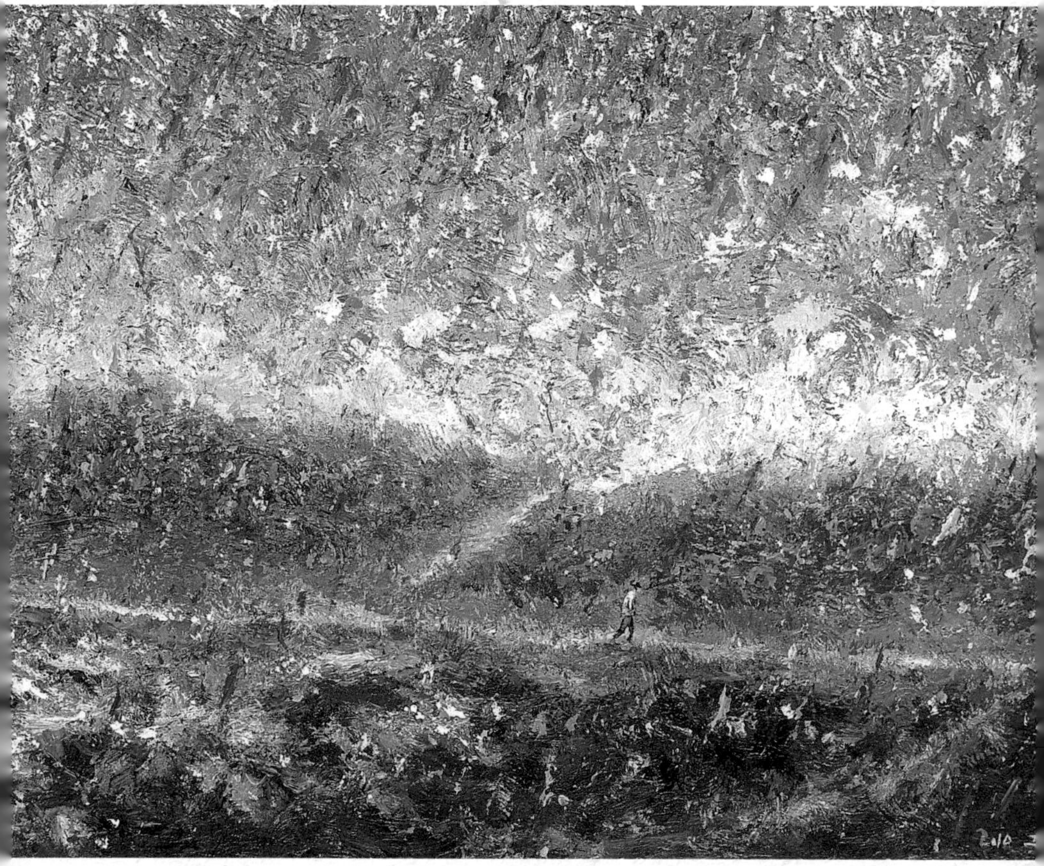

눈 바람
90.0×50.0cm
캔버스에 아크릴 물감

옛날에 회정(懷正) 스님은 관세음보살을 친견하려는 원을 세우고, 금강산에 들어가 천일 기도를 했어요. 그런데 기도가 끝나갈 무렵, 어느 날 꿈에 귀부인이 나타나 말하기를 "강원도 양구(楊口)로 가라. 거기에 몰골옹, 해명방, 보덕낭자 세 명이 있는데, 그들이 관세음보살을 만나게 해줄 것이다."라고 했어요. 한걸음에 양구로 달려간 스님은 초가집에서 몰골이 아주 볼품없는 노인을 만났는데 그가 몰골옹이었어요. 하룻밤을 그 집에서 묵고, 노인이 일러준 대로 해명방의 집을 찾아갔더니 아주 어여쁜 낭자가 집을 지키고 있었어요. "어디서 오신 스님이신지요?" 찾아온 연유를 설명하자 낭자는 "해명방은 저의 아버지인데 성품이 워낙 사나워서 무슨 말이든 순종해야지 그렇지 않으면 살아나기 어렵습니다."라고 주의를 주었어요. 잠시 후 해명방이 나뭇짐을 지고 오더니 눈을 부라리면서 "어떤 놈이 감히 내 딸에게 수작을 하느냐?"며 지게 작대기로 마구 때렸어요. 겨우 자초지종을 말했더니 "관세음보살을 만나려면 내 딸하고 혼인을 해야 한다."고 우기는 거였어요. 스님은 고민하다가, 관세음보살을 친견하려는 원을 이루기 위해서, 하는 수 없이 그 낭자와 결혼을 했어요. 그런데 아무리 기다려도 관세음보살을 안 보여주는 겁니다. 삼 년이 지나도록 허송세월만 하던 스님은 더 이상 기다리지 못하고, "계속 이렇게 안 보여주면 떠나겠다."고 화를 냈는데, 부인도 해명방도 잡을 생각조차 안 하는 거예요. 그곳을 떠난 회정 스님은 몰골옹에게 가서 그간의 일을 말하고 하소연했더니, 뜻밖에 핀잔만 들었어요. "그대가 데리고 살던 여인이 바로 관세음보살인데 그것도 몰랐느냐?" 그리고 해명방은 대세지보살(大勢至菩薩)이었고, 사실 자신은 보현보살(普賢菩薩)이라고 했어요. 깜짝 놀란 스님은 얼른 집으로 달려가 보았지만, 관세음보살도 대세지보살도 아무도 없었어요. 그래서 다시 보현보살이라도 만나야겠다는 생각으로 몰골옹이 있던 곳으로 가보았으나 역시 아무도 없었다고 합니다.

우리도 마찬가지예요. 가정은 물론 주변에서 이미 관세음보살과 함께 살고 있는데도 못 보는 거예요. 지혜의 눈을 뜨고 보면 부처 아닌 존재가 없다고 했어요. 부처는 이미 우주 법계에 꽉 차 있는데, 내 눈이 멀어서 그 부처를 보지 못할 뿐이죠. 하늘의 달은 항상 그대로인데 구름 낀 날은 안 보여요. 그러면 우리는 '달이 안 떴다.'고 그래요. 달이 어디로 이사 간 게 아녜요. 다만 보지 못할 뿐이죠. 관세음보살을 만나고싶으세요? 관세음보살이 되세요. 내 마음이 관세음보살이 돼야 합니다. 그렇지 않으면 관세음보살을 볼 수도 없고, 확인할 수도 없어요. 좋은 사람을 만나려면 내가 먼저 좋은 사람이 돼야 해요. 착한 며느리를 보려면 내가 먼저 좋은 시어머니가 돼야 하고, 남편의 사랑을 받고싶으면 내가 먼저 시어머니에게 잘해야 해요. 자식이 올바르기를 바란다면 내가 먼저 부모님께 지극정성으로 효도를 하면 돼요. 내가 먼저 배려하고 위해주는 그 마음이 곧 관세음보살의 마음이에요. 이런 마음이 못 되면, 설사 관세음보살이 눈앞에 앉아있어도 볼 수가 없어요. 몇 년을 함께 살면서도 몰라보았다는 회정스님 일화가 남의 이야기가 아니에요. 그래서 상대를 제대로 볼 줄 아는 눈을 떠야 해요.

내 마음에 모든 답이 있어요. 어떤 신이나 부처님이 나의 인생을 좌지우지한다는 믿음을 가지고 있었다면 마음을 확 바꾸세요. 오직 나의 실천에 의해서 나의 삶이 만들어진다는 생각으로 살아야 해요. 지혜를 얻고싶으면 수행하면 되고, 복을 받고싶으면 봉사하면 돼요. 연민의 마음으로 배려하고 나누면서 선행을 하면 돼요. 현실의 삶이 좀 여유롭다고 세상을 다 얻은 것처럼, 세상을 다 아는 것처럼 목에 힘주고 다니는 사람을 보면 참으로 안타까워요. 어리석은 사람들이에요. 지혜로운 사람은 넉넉할 때 미리 가난을 대비합니다. 편안할 때 어려움을 대비해요. 받기 어려운 인간의 몸을 가지고 있을 때, 이 기회를 놓치지 않고 부처님 마음으로 바꾸려고 노력하는 이야말로 지혜로운 사람이에요.

어느 땅속엔들 물이 없으랴만
땅을 파지 않으면 물을 얻을 수 없고
어떤 나무나 돌엔들 불이 없으랴만
비비거나 치지 않으면 불을 찾을 수 없다.

중생이 누구에게나 불성(佛性)이 있는 것은
마치 어느 땅속에도 물이 있고
어떤 나무나 돌에도 불이 있는 것과 같다.

–〈선문단련설(禪門鍛鍊說)〉

始原의 기억 · 65.1×45.5cm · 캔버스에 아크릴 물감

꿈속에 그려라
72.7×53.0cm
캔버스에 아크릴 물감

궁금한 팔자, 바꾸는 팔자

묵은해니 새해니 분별하지 말게나
겨울 가고 봄이 오니 해 바뀐듯하지만
보게나 저 하늘이 달라진 게 있는가
우리가 어리석어 꿈속에서 산다네.

–학명선사(鶴鳴禪師)

해마다 새해를 맞이하는 정초가 되면 사람들이 많이 찾아가는 곳이 있습니다. 신년 운세가 궁금하다고 점을 보러 가는 것이죠. 이것은 결국 자신의 복(福) 창고를 확인해 보려는 건데, 그 창고는 확인을 해도 내 것이고, 안 해도 내 것입니다. 지금 뭔가 부족함을 느낀다는 것은 지어 놓은 게 없다는 것이고, 부족하다 싶으면 지으면 되는데 지을 생각은 안 하고 '얼마나 비었나? 얼마나 참고 견뎌야 그 문이 열릴까?' 이런 것만 궁금해하니, 참으로 안타까운 일이 아닐 수 없습니다.

새해가 되면 뭐가 확 바뀐 것 같고, 그래서 모든 게 새롭게 시작된다는 생각을 합니다. 그러나 어제 뜬 태양과 오늘 뜬 태양이 무엇이 다른가요? 새해가 됐으니까 지금부터 잘 해봐야겠다는 생각보다는, 매일매일 새롭게 태어나는 것이 중요해요. 매일 새롭게 태어나기 위해서는 매일 잘 죽어야 합니다. 잘 죽으면 잘 태어나게 돼 있습니다. 우리는 하루를 잘 살면 '잘 살았다'고 말하는데, 사실 뒤집어보면 '잘 죽은 것'입니다. 그래서 매일매일을, 내 인생의 마지막 날이라는 생각으로 살아야 해요. 내일이 있다는 생각 때문에 오늘 할 일을 뒤로 미루고 소홀히 하는 것이지, 내일이 없다는 생각을 한다면 어떻게 그럴 수 있겠어요?

사람들은 대개 몇 가지 잘못된 관념을 가지고 있는데, 그 첫 번째는 '나'라고 하는 현재의 모습에 집착하는 거예요. 이런 생각은 '내가 누군데…' 하는 자만심을 만들어냅니다. 그런데 이 거만한 자존심만 조금 줄여도, 마음 상하는 일이 훨씬 줄어들어요. 사실 자존심 세워봤자 본인 속상하는 일만 늘어날 뿐입니다. 이건 마치 무엇과 같으냐 하면, 불나방이 불을 찾아 뛰어드는 것과 같아요. 요즘엔 소나무에 해로운 나방을 잡기 위해서 약을 치지만, 제가 어렸을 때만 해도 근처에 불을 피웠습니다. 깜깜한 밤중에 불을 피워 놓으면 산에 있던 나방들이 막 날아와서 불속으로 뛰어듭니다. 그러면 그걸 바라보면서 이런 얘기를 했어요. '저 산의 나방들이 머리를 빗고 화장을 하고, 지금 여기로 죽으러 온다.'고. 참으로 어리석습니다. 왜 그렇게 불 속으로 뛰어드는 걸까요?

우리의 자존심 또한 그와 같아요. 우리를 고통으로 끌고 가는 주범인 줄 알면서도 버리지 못하는 거죠. 그것만 버리면 세상이 달라지는데, 그것만 버리면 인생이 행복해지는데 버리지 못해요. 주부님들 시집올 때 마음이 어떠했나요? 처음에 시집올 때는 '정말 잘 해야지' 하는 마음으로 오는데, 한 삼 년은 잘하지만 아들딸 낳고 어느 정도 자기 자리를 점하고 나면, 목에 힘이 들어가기 시작해요. 권리 주장을 하는 거죠. '내가 이 집에 와서 한 게 얼마인데 나를 우습게 보느냐?' 그러면서 시어머니 험담 거리도 늘어납니다. 그만큼 내 자존심이 커졌다는 증거이고, 이러면서 갈등과 괴로움이 늘어나는 겁니다.

그럼 이 자존심을 없애려면 어떻게 해야 할까요? 첫 마음으로 돌아가야 합니다. '내가 시집올 때 그 첫 마음으로 돌아가자.'는 마음으로 새해를 시작하면 한 해가 편안합니다. '내가 첫 출근할 때 그 순수한 마음으로 돌아가자.'는 마음으로 새해를 시작하면 직장 생활이 즐거워집니다. 일이 좀 힘들어도, 상사가 좀 못살게 굴어도 즐겁게 지낼 수 있어요.

그래서 새해가 됐다고 막연히 좋아만 할 게 아니라, 지난해를 점검해 보고 자존심의 창고를 어떻게 하면 비울 수 있을까 연구하는 사람이 돼야 합니다. 하루하루를 내 인생의 마지막이라는 마음으로 살면 속상할 일이 하나도 없어요. 내일 죽을 건데 자존심 세워봤자 무슨 소용이 있겠어요? 자존심 세울 일이 없어요. 내일이 있다는 생각 때문에 자꾸 자존심이라는 창고를 가득가득 채우는 것이죠. 그래서 새해를 맞는 마음은 그런 자존심을 버리고, 첫 마음으로 돌아가는 마음이어야 합니다. 이런 마음 자세로 새해를 준비하면 나도 편안하고 주위도 편안할 수 있어요.

제 이야기를 해볼까요? 저는 출가해서 벌써 20년이 넘었는데, 돌이켜보면 처음에 출가했을 때는 선배 스님들이 제 이름만 불러줘도 너무너무 행복했어요. '저 스님이 내 이름을 어떻게 알았을까? 내 이름을 다 기억해주는구나.' 하고 가슴이 두근두근하고 행복했는데, 지금은 선배 스님이라도 그냥 '월도'라고 부르면 기분이 나빠요. 그럼 어떻게 불러야 하느냐 하면, '월도 스님' 하면서 뒤에다 꼭 호칭을 붙여줘야 기분이 좀 좋아요. 이만큼 자존심이 커진 거죠. 자존심 창고를 꽉 채운 마음으로는 극락 가는 데 지장이 많고, 자존심을 확 비워야 행복할 수 있다는 걸 알면서도, 이 마음이 잘 바뀌지 않습니다.

나 자신을 바꾸는 것보다 중요한 건 없습니다. '세상을 바꾸려고 애쓰지 마라, 나 자신을 바꾸는 것이 불교이다.' 제가 항상 해온 말인데, 그 말을 입으로만 떠들고 살았지 정작 나 자신을 바꾸는 것에 대해선 너무도 소홀했던 겁니다. 나를 바꿀 수 있는 방법은 모두가 다 알고 있어요. 항상 말을 삼가고, 생각을 조심하고, 세 번 네 번 생각해서 행동하고, 그래야 한다는 것쯤은 다 알고 있습니다. 그러나 막상 삶의 현장에서 어떤 상황에 딱 부딪치면 그게 마음대로 안 됩니다. 남의 잘못은 '이거다, 저거다' 지적할 줄 알면서도, 자신을 바꾼다는 건 참으로 어려워요.

출가해서 20년을 넘게 수행을 했으면 이제는 뭔가 좀 보이는 것이 있어야 할 텐데, 아직도 긴가민가해요. 그래서 반성하고 참회하면서 여러 가지 생각을 해보았습니다. '출가의 본질은 무엇일까? 처음 먹은 그 마음을 변치 않으면 깨달음을 얻는다 했는데, 나는 초심을 잃어버린 채로 너무나도 오랜 세월을 살았구나.' 물론 남들은 이런 말을 합니다. "스님께서는 참으로 열심히 사셨잖습니까?" 물론 열심히는 살았죠. 그러나 답은 없습니다. 외형적으로 보면 불사하느라 노력했고, 신도님들께 법문을 하기 위해서 노력했고, '어떻게 하면 불교가 융성할 수 있을까?' 하면서 나름대로는 열심히 살았지만 '그것이 진정 20여 년 수행의 결과라고 평가받을 수 있는 것인가?'라는 고민을 하게 된 거죠.

출가 승려들은 여름에는 하안거, 겨울에는 동안거 수행을 합니다. 저는 그동안 사실 이 안거가 너무 힘들었어요. 수백 명 스님들 자리가 각자 정해져 있고, 정해진 시간에 그 자리에 딱 앉아있어야지 그렇지 않으면 바로 표가 납니다. 저녁에 앉으면 다음날 아침까지 밤새 앉아있어야 하는데, 그게 보통 힘들고 부담스러운 게 아니었죠. 그걸 억지로 하면서, 들어가는 순간부터 시계를 보기 시작하면 시간이 참으로 안 갑니다. 한참 하고서 '이제 서너 시간쯤 갔나?'싶어서 시계를 보면 겨우 5분 지났습니다. 이게 사람 마음입니다. 수행이 출가의 본질이고 그것이 싫은 것은 아니었지만, 이런저런 일에 몰두하다보니 어떤 역할을 하는 데 노력했을 뿐, 진정 자아의 본성을 찾기 위한 노력에 소홀했다는 생각이 어느 순간 문득 들었던 겁니다.

그래서 각오를 새롭게 했습니다. '앞으로 20년은 지금보다도 훨씬 더 빨리 지나갈 텐데, 이렇게 20년을 흘려보내고 있는 내가 과연 무엇을 얻을 것인가? 무엇을 찾을 것인가?' 혈기 왕성하던 청춘시절을 마치 하룻저녁 여행 갔다 온 것처럼 그렇게 낭비를 하고나서, 정신이 번쩍 들었던 거죠. '앞으로 20년 후면 내 나이 70인데… 이건 아니다.'싶은 생각이 들어서, 그날은 시계를 풀어놓고 선방으로 들어갔습니다. '앞으로 20년이고 30년이고 그걸 누가 보장하겠는가? 이 순간만 생각하자. 오늘이 내 인생의 마지막이라는 생각으로 해보자. 오늘 저녁이 나의 본성을 찾을 수 있는 마지막 기회라는 생각으로 한번 앉아보자.' 거기엔 시간도 없습니다. 나도 없고, 자존심도 없습니다. 이렇게 마음을 탁 내려놓고 하니까, 20년 동안 해도 보이지 않던 부분이 그 하룻저녁에 보였어요. 아침 6시까지 다리 하나 아픈 게 없고, 허리 하나 아픈 게 없이 너무나 편안하게 훌쩍 가버리는 경험을 했습니다.

세상은 마음먹기 나름입니다. 마음으로써 나를 보는 것이 세상을 얻는 겁니다. 눈에 보이는 표면적인 현상에 속으면, 허상에 휘둘릴 수밖에 없어요. 백 년도 못 살면서 천 년을 걱정하는 어리석음에 빠지지 말아야 해요. 순간순간 새로이 태어나야 합니다. 수행의 현장에서뿐 아니라 일상생활에서도, 순간순간 새롭게 태어나는 삶을 산다면 자존심도 없앨 수 있어요. 매일 아침마다 새로운 인생이 시작된다는 생각으로 일어나고, 날마다 오늘이 마지막이라는 생각으로 살면, 우리는 걸림 없는 인생을 살아갈 수 있어요.

점 보는 거 좋아하는 분들 있죠? 왜 그럴까요? 노력해서 얻는 결과 이상을 바라는 욕심으로 그러는 겁니다. 내가 복을 지어 놓았으면, 오지 말라고 해도 그 복이 나에게 올 텐데, 그것이 왜 그렇게 궁금한가요? 가끔은 저한테 점을 보러 오는 분들도 있어요. "스님, 될까요? 안 될까요?" 그러면 이렇게 말합니다. "그걸 알면 제가 여기 앉아 있겠습니까?" 되고 안 되고 미리 정해져 있는 것은 없어요. 한 순간 마음이 변하면, 바로 결과가 바뀌는 게 인생입니다. 인생이 바뀌는 것이 결코 천년만년 변해서 되는 게 아닙니다. 법회에 갈까 말까 망설일 때에도, 어떤 선택을 하느냐에 따라 즉시 인생이 바뀌는 겁니다. 전생에 그럴만한 인연을 지었기 때문에 법회에 가게 된다고까지는 말하고 싶지 않아요. 순간순간의 마음 여하에 달려있습니다. 이와 같이 마음이 순간을 창조하는 것이고, 창조주는 다름 아닌 우리들 자신임을 결코 잊어선 안 돼요.

청년회 활동을 열심히 하는 분이 언젠가 이런 질문을 하더군요. "스님, 저는 전생에 뭐였을까요?" 전생이 중요한 게 아니라, 지금이 중요해요. 경전에 이르기를 까마득한 윤회의 길에서 인간의 몸을 받기가 어렵다고 했는데, 이렇게 인간의 몸으로 태어났으니 얼마나 다행이냐는 생각을 해 볼 필요가 있습니다. 그런데 그 다행이라는 생각에 만족하면 발전이 없어요. 진리의 가르침을 만나야 하고, 비록 진리의 가르침을 만났다 하더라도 마음을 닦지 않는다면, 만난 사람이나 못 만난 사람이나 똑같아요. 예를 들어 어떤 사람이 극락에 갈 수 있는 책을 하나 만났는데, 그 책을 구하고도 보지 않는다면, 책을 만나지 못해서 못 보는 사람하고 전혀 다를 게 없죠. 책을 만났다는 것에 만족하지 말고 그 책을 펴서 공부를 해야, 그 내면의 세계를 이해할 수 있지 않겠어요? 그렇기 때문에 나 자신이 영원하지 못한 무상한 존재임을 자각하고, 이 아깝고 귀한 시간에 참된 진리를 쫓아 나를 계발하겠다는 구도심으로 매진한다면, 이것이야말로 우리가 얻을 수 있는 가장 값진 보배입니다.

그러므로 전생에 내가 뭐였을까를 궁금해할 게 아니라, 지금 이렇게 인간으로 태어나서 행복하다는 마음, 또 진리를 만나서 다행이라는 마음, 다행이기 때문에 그냥 가지 말고 더 열심히 노력해야 하겠다는 마음으로 꾸준히 정진하는 게 중요해요. 그래서 제가 지난 20년을 돌아보면서 크게 부끄러웠던 겁니다. '나는 참으로 어리석었구나. 이렇게 자아의 본성을 바로 보는 길을 만났음에도 불구하고 허송세월했구나. 엉뚱한 길만 쫓아다녔구나.' 그런 생각으로 무척이나 괴로웠죠. 그러다가 답을 하나 얻었습니다. '20년을 그렇게 허송세월했으니까, 그게 아니라는 것을 알고 수행의 근본, 참다운 진리의 길에 대한 결심이 섰지, 그렇지 않았다면 어찌 그런 생각을 했겠는가?' 노력하는 자에게 실패는 없습니다. 꾸준히 노력하다보면 답은 보입니다. 지금 이 순간 다시 태어나야 하며, 무한 긍정의 자세가 중요해요.

사람들이 자꾸 과거나 미래에 집착해서 팔자를 궁금해하지만, 팔자는 우리들 스스로 만들어가는 겁니다. 팔자도 바뀌는 겁니다. 옛날 경상도 어느 곳에 머슴살이 총각이 있었어요. 그런데 어느 날 스님이 한 분 오셨는데, 마당을 쓸고 있는 머슴을 보더니 주인을 불러 이렇게 말씀하셨습니다. "제가 관상을 보니 저 사람은 복이라고는 조금도 없고 화(禍)를 몰고 다니는 상이니, 당장 내보내는 게 좋겠습니다. 그렇지 않으면 언제 무슨 일을 당할지 알 수 없습니다." 일도 잘하고 눈썰미도 있는 머슴이라 참으로 아깝기는 했지만, 스님께서 워낙 진지하게 말씀하시는지라 할 수 없이 내보냈습니다. 졸지에 주인집에서 내몰린 머슴은 고향으로 가는데, 갑자기 소나기가 쏟아져 냇물이 크게 불어나 도저히 건널 수가 없었어요. 어디로 좀 건널 수 있을까 찾느라고 위아래로 냇가를 배회하다보니, 저 위쪽에서 짚단이 하나 물살에 떠내려오는 겁니다. 그런데 그 짚단에는 개미가 엄청나게 달라붙어 있는데, 급류에 휩쓸리면서 언제 물에 빠져 죽을지 모르는 상황이었어요. 그냥 두면 안 되겠다 싶어서 머슴은 기다란 나뭇가지로 그 짚단을 끌어내 개미들을 살려주었죠. 그리고는 저녁나절까지 기다려봐도 물이 줄어들지 않아서, 머슴은 할 수 없이 발길을 돌려 다시 주인댁으로 돌아가 자초지종을 얘기하고 하룻밤 더 재워줄 것을 청했습니다.

그런데 그런 머슴을 바라보던 스님이 깜짝 놀라 물었어요. "아니 어찌된 일이냐? 밖에서 무슨 일이 있었느냐?" 별 일 없었다고 했더니, "아니다. 그럴 리가 없다. 분명히 특별한 일이 있었을 것이다. 잘 생각해 보거라." "뭐 일이라고 해봤자 냇물이 불어나 건너지 못한 것하고, 떠내려오는 짚단에 새카맣게 붙어있는 개미들이 불쌍해보여서 건져준 것밖엔 없습니다." 스님은 무릎을 탁 쳤어요. "그래, 그러면 그렇지! 짚단에 새카맣게 달라붙어 있을 정도면 수천 마리, 수만 마리는 족히 됐을 텐데 그 많은 생명들을 살려줬구나. 너의 방생 공덕으로 업장이 소멸되었다. 아침만 해도 얼굴에 화기가 가득했는데 지금은 화기는커녕 복덕이 가득해, 너의 관상이 확 바뀌었구나." 머슴의 팔자가 바뀌는 순간입니다.

팔자를 바꾸고 싶으신가요? 보시와 방생을 하세요. 베풀고 나누고, 생명을 살려주고 그래야 합니다. 방생은 죽어가는 생명을 살려주는 겁니다. 그런데 방생도 제대로 알고 자연스럽게 해야지, 일부러 그물로 고기를 잡아 비닐봉지에 담아서 들고 다니다가 방생한다고 풀어주면, 그건 방생이 아녜요. 그렇게 하면서 물고기에게 무엇을 바라는가 하면, '용왕에게 고해서 우리 아이 대학에 꼭 붙게 해 달라.'고 기원을 하지만, 제 생각에는 용왕님이 오히려 괘씸하게 여기실 것 같습니다. 직접 물어보진 못했지만, 그 물고기가 얼마나 원망을 했겠어요? 잘 살고 있던 물고기를 그렇게 괴롭혀놓고 그것이 공덕이 되기를 바라고, 자식의 복이 만들어지길 바란다면, 참으로 어리석은 생각이 아닐 수 없죠. 방생은 그 머슴처럼 해야 합니다. 정말 그 생명들이 불쌍해서, 그리고 아무런 대가도 바라지 않는 마음으로 그렇게 살려주는 것이 방생이고, 이것이 자비심입니다. 그런데 자비심을 내어도 그냥 '참 안됐구나.' 하고 생각으로만 그치면, 공덕이 되지 못해요. 그 자비심을 행동으로 실천해야 합니다. 그래서 '흘러가는 물도 떠줘야 공덕'이라고 하는 겁니다.

그렇다고 해서 내일부터 '어디 물 마르는 데 없나?' 하고 바가지 들고 찾아다니라는 말이 아니라, 방생은 내 집에서부터 해야 해요. 설거지를 하더라도 그저 편하게 하려고 세제를 왕창 풀어서 하지 말고, 내가 흘려보내는 세제 물 때문에 저 강물이 죽어갈 수 있다는 생각을 하고, 조심하고 절제하면 이것이 방생입니다. 이 세상의 그 어떤 생명도 나랑 연결되지 않은 생명은 없어요. 그러므로 나 하나 편하려고 강물을 오염시키고 국토를 오염시키는 어리석은 행위를 해선 안 됩니다. 무심코 흘린 세제 한 방울 때문에 죽어갈 무수한 생명들을 생각해봐야 합니다.

그리고 자존심 하나만 내려놔도 방생을 할 수 있어요. 우리는 살아가면서 일부러 상대방 마음을 상하게 하는 경우도 있습니다. 특히 부부지간에 그런 경우가 많은데, 부부는 좋을 때는 한없이 좋지만, 미울 때는 또 한없이 밉다고들 합니다. 사랑이 크면 미움도 크기 때문입니다. 저 시장 바닥에 있는 모르는 사람이 나한테 꽃을 안 사준다고 열받나요? 시장 바닥에 있는 모르는 사람이 내 생일 안 챙겨줬다고 열받나요? 그러나 내가 사랑하는 남편이 안 챙겨주면 열받습니다. 내가 마음을 냈는데 상대방이 몰라주니까 화가 나는 겁니다. 내가 마음을 안 냈으면 갈등도 없어요. 그런데 그렇게 서운한 게 있으면, 일부러 심술을 부리는 경우가 있어요. 아내들이 주로 쓰는 방법은 말을 안 하는 거라고 합니다. '너 속 터져 죽어봐라.' 이건 방생의 마음은커녕 지옥 가는 연습이에요. 상대방을 꼭 때려야만 폭력이 아니고, 상대방의 생명을 꺾어놓는 것만 살생이 아닙니다. 의도적으로 상대방을 괴롭히는 마음을 내는 것도 살생입니다. 이걸 분명하게 알아야 해요.

'설사 내 속이 터져도, 내가 말을 안 하면 상대방은 또 얼마나 속이 터지랴? 차라리 내가 숨이 막힐지언정 당신만큼은 숨을 터주겠다.'라는 마음을 내야 합니다. 이것이 진정한 공덕입니다. 한 해를 보내면서 지난 서운함은 다 씻어버리고, 새로운 해를 맞이하면서 새로이 태어나는 내가 돼보세요. '새롭게 태어나 새로운 삶을 살겠다. 나는 아무리 열받아도 상대방을 숨 막히게 하는 존재로 살고 싶지는 않다. 차라리 내 속이 터지더라도 당신만큼은 편안하게 해주는 아내가 되겠다.'라는 마음으로 새해를 맞이해보세요. '내 아내가 아무리 부족해도 나는 내 아내를 세상에서 최고의 아내로 생각하고 살겠다. 이보다 더 좋은 사람은 없다.'는 생각으로 받아들일 수 있는 남편이 돼보세요. 이것이 궁극적으로 나 자신을 위하는 길입니다.

욕지전생사(欲知前生事) 전생의 일을 알고자 하는가
금생수자시(今生受者是) 지금 생에 받는 이것이라네.
욕지내생사(欲知來生事) 내생의 일을 알고자 하는가
금생작자시(今生作者是) 지금 생에 짓는 이것이라네.

—〈법화경(法華經)〉

새롭게 태어나세요. 그래서 '지금부터 남을 속 터지게 하는 일은 절대로 하지 않겠다.'는 마음으로 살아야 해요. 남을 아프게 하면 그만큼 나도 아프게 마련입니다. 이것이 인과의 진리입니다. 그래서 상대방의 목소리만 좀 안 좋아도, 염려하는 심정으로 가슴이 덜컥 내려앉는 연민의 마음으로 살아보세요. '어떻게 하면 저 마음을 위로해줄 수 있을까?' 고민하는 마음, 이것이 보시이고 이것이 방생입니다. 잘 살고 있는 고기를 억지로 잡아다 풀어주는 게 방생이 아니라, 집에서부터 방생을 하세요. 방생의 방자는 '놓을 방(放)'자입니다. 상대방을 편안하게 배려하는 마음이 방생이에요.

절에서 템플스테이를 하면 발우공양을 합니다. 1박 2일 하면서 가장 기억에 남는 게 무엇이냐고 물어보면, 대부분의 사람들이 공양 그릇 씻은 물을 마신 것이 가장 기억에 남는다고 하더군요. 이 세상에 정화할 수 있는 능력 중에 최고의 정화 능력을 가지고 있는 것이 무언지 아세요? 그건 바로 우리 몸입니다. 집어넣으면 다 정화가 돼요. 독만 아니면 여기에 집어넣고 정화시키는 것이 최고입니다. 나를 통해서 생명을 살릴 수도 있고, 나를 통해서 생명을 죽일 수도 있다면, 적어도 우리는 죽이는 방법이 아닌 살리는 방법을 택해야 해요. 이것이 보살행(菩薩行)입니다. 보살과 중생의 차이는 별 게 아녜요. 나만 생각하는 이기적인 마음은 중생이고, 타인을 생각할 줄 알면 보살입니다. 여자라서 보살이 아니라, 보살행을 해야 보살입니다.

우리에게 있는 잘못된 관념 중에 첫 번째가 '나'라고 하는 현재의 모습에 집착하는 거라고 했습니다. 이건 '나는 인간이니까 우월하다.'는 생각이에요. 하지만 자기가 아무리 우월하다 해봤자, 누군가가 희생을 해주니까 살 수 있는 존재입니다. 무언가를 먹어야 살고, 먹지 못했다면 법문을 들으러 올 수도 없고, 먹지 못했다면 법문을 할 수도 없어요. 자연과 나는 둘이 아니라 하나입니다. 무엇이 우월하고, 무엇이 우월하지 못하다는 겁니까? 그러므로 상대를 인정해주는 마음을 가져야 해요.

그 두 번째는 나와 상대방을 차별하는 마음입니다. 이러한 마음은 다른 생명을 파괴할 소지가 많아요. 단지 인간이라는 이유만으로 다른 동물의 희생을 당연시하는 경향이 있지만, 당연시할 것이 아니라 미안해할 줄 알아야 해요. 밥을 먹어도 '나는 인간이니까 당연히 먹어야 돼.'라고 생각할 게 아니라, 그만큼 세상에 공덕이 될 수 있는 마음으로 살겠다는 다짐이 있어야 합니다. 밥 먹는 것을 당연한 권리라고 생각하지 마세요. 그래서 발우공양할 때 외우는 게송을 보면, 밥을 약이라고 했어요. 이 몸을 지탱하는 약으로 알고, 감사하는 마음으로 먹으라는 말씀이죠.

세 번째는 '나는 중생이다.' 하면서 그냥 중생에 머무는 것을 합리화하는 마음입니다. 중생이 한 마음 바꾸면 보살이 됩니다. 한 마음 바꾸면 부처도 될 수 있어요. 그런데도 불구하고 이 부분을 포기하는 겁니다. '인간인 내가 뭘 할 수 있겠어? 그건 신(神)만 할 수 있어. 그건 부처님만 할 수 있어.' 이런 생각에서 벗어나야 해요. '나는 누구에 의해서 좌지우지되는 존재가 아니라, 마음만 바꾸면 부처가 될 수 있어! 법계의 주인이야!'라는 생각으로 살아야 합니다.

진정 행복하고 싶다면 이런 잘못된 생각들에서 하루빨리 벗어나야 하는데, 그러기 위해서는 수행을 해야 합니다. 수행을 할 때는 내일이 있다는 생각도 말고, 시간도 의식하지 마세요. 무심으로 돌아가야 합니다. 내일이 있다는 생각 자체가 번뇌거든요. 앉아 있는 순간을 그냥 즐기세요. 즐기다보면 시간이 멈추고, 시간이 멈추면 번뇌도 없어집니다. 기도할 때 적을 만들지 마세요. 적을 만들면 그와 싸우게 돼있습니다. 열심히 해야지 하면, 그 '열심히 해야지' 하는 부분이 적이에요. 그래서 밤새도록 '열심히'하고 싸웁니다. '잠 안 자고 열심히 하자.' 하면 '잠'하고 싸우게 돼요. 상대를 만들지 않으면 싸움이 안 됩니다. 영화 〈달마야 놀자〉에서 깨진 독을 물에 던져넣는 장면이 있죠? 그게 무슨 뜻이냐 하면, 경계를 삼지 말라는 의미예요. 경계만 삼지 않으면 하나로 되고,

하나가 되면 번뇌도 없어집니다.

기도를 할 때 '내가 몇 시간을 해야 소원이 이루어지는데…' 하는 생각으로 하면, 그게 또 싸움이 돼요. 소원이고 시간이고 다 놓아버리고, 그냥 앉아서 기도할 뿐, 다른 것은 없다는 마음으로 하면 거기에서 모든 것을 보게 되고 얻게 되는 법입니다. 알고 보면 내 마음이 마음하고 싸우는 겁니다. 내 스스로 적을 만들어 싸우는 것일 뿐, 다른 게 아니라는 것을 바로 알고, 다 비워 버리세요. 모두 덧없는 것들이에요. 내가 만든 경계에 내가 걸려, 고통을 받고 있는 것일 뿐입니다. 그렇게 마음을 비워서 기도를 하다보면, 세상이 달라져요. 밥을 먹을 때 영양학적으로 분석하는 게 아니라 그냥 먹듯이, 숨을 쉴 때 그냥 자연스레 하듯이, 수행도 그런 과정이라 생각하고 다만 정진할 뿐입니다. 그리고 수행이 수행으로 끝나지 말고 생활에 녹아들어가야 해요. 그래야 가치 있는 수행이 될 수 있으며, 이것이 참다운 행복의 길입니다.

과거를 따라가지 말고 미래를 기대하지 말라.
한번 지나가버린 것은 버려진 것
또한 미래는 아직 오지 않았다.

지나가버린 것을 슬퍼하지 않고

오지 않은 것을 동경하지 않으며
현재에 충실히 살고 있을 때
그 얼굴은 생기에 넘쳐 맑아진다.

오지 않은 것을 탐내어 구하고
지나간 과거사를 슬퍼할 때
어리석은 사람은 그 때문에
꺾인 갈대처럼 시든다.

-〈일야현자경(一夜賢者經)〉

구름에 달 가듯이 · 162.2×97.0cm · 캔버스에 아크릴 물감

마음이 머무는 곳에 주인이 되면

초판 1쇄 발행 2012년 8월 27일
개정판 1쇄 발행 2023년 4월 10일

지은이 월도
그린이 백중기
발행처 도서출판 넥스웍
발행인 장병엽
기획 장필욱 장석효
디자인 디자인밥
편집·교정 황규상

주소 경기도 고양시 일산동구 장백로 20, 102동 905
전화 031)972-9207
팩스 031)972-9208
이메일 cntpchoi@naver.com
등록번호 제2014-000069호

ISBN : 979-11-88389-44-5 03810

값은 표지 뒷면에 표기되어 있습니다
잘못된 책은 구입하신 서점에서 바꾸어 드립니다.